小説 秦の始皇帝

津本陽

時代小説文庫

角川春樹事務所

目次

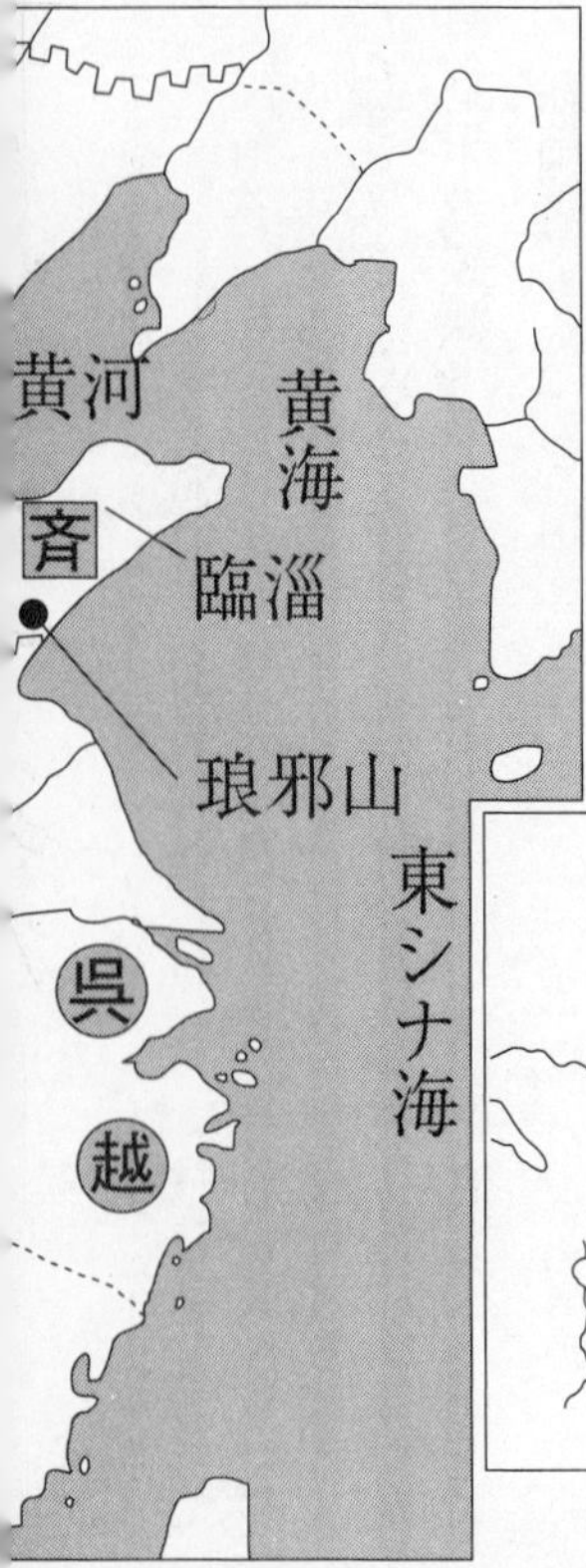

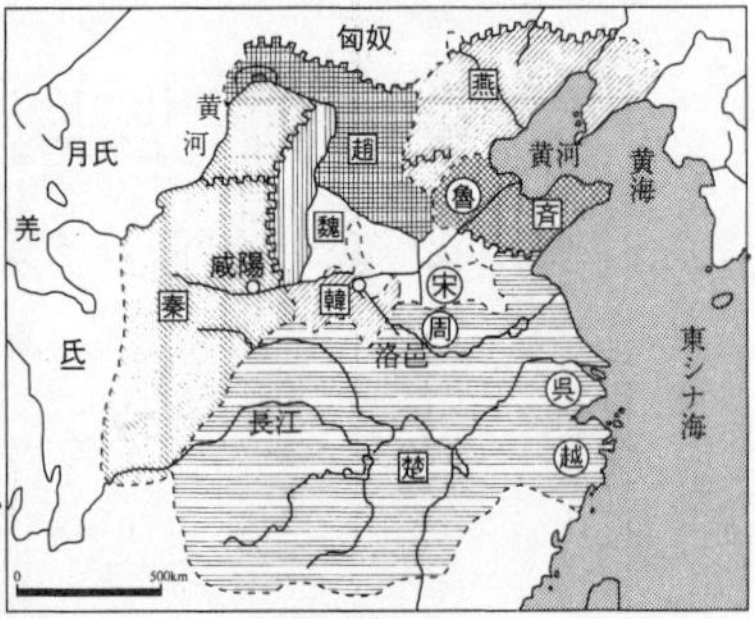

戦国の七雄勢力図

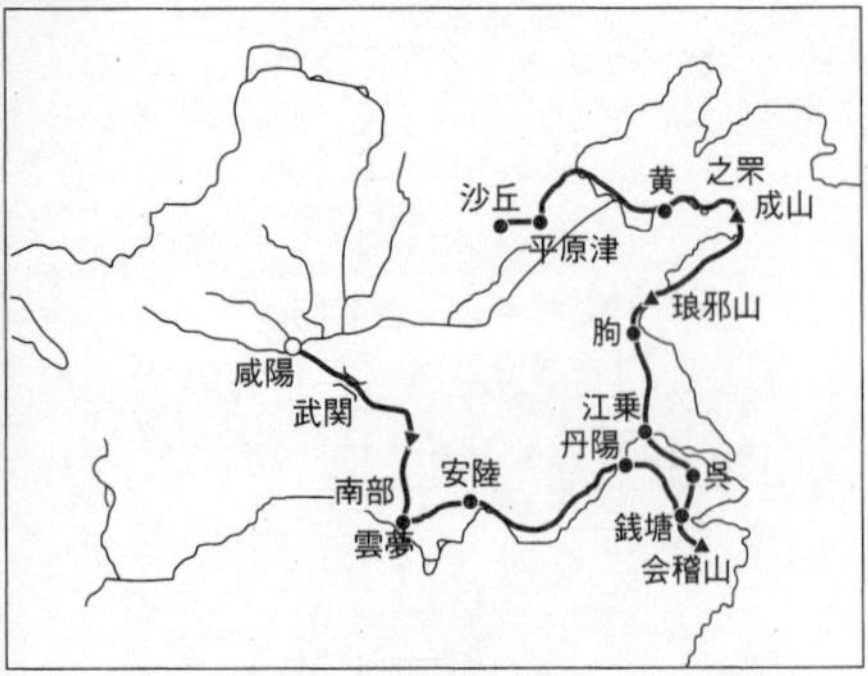

始皇帝の最後の巡行路

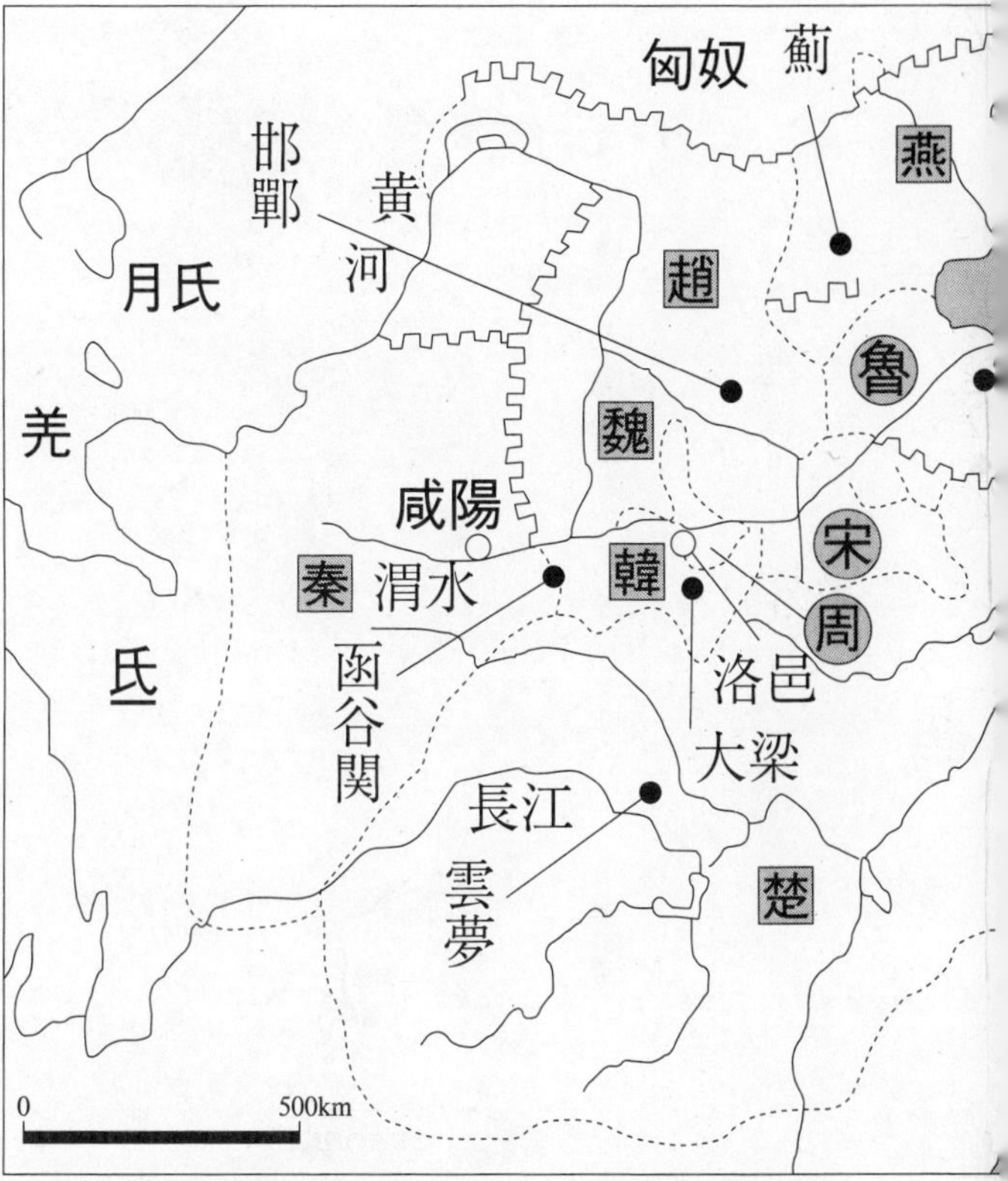
匈奴
薊
燕
邯鄲
黄河
趙
月氏
魯
羌
魏
咸陽
宋
秦
渭水
韓
周
函谷関
洛邑
氐
大梁
長江
楚
雲夢
0
500km

秦代地図

小説　秦の始皇帝

本文イラスト　鴇田　幹

秦《しん》の人質

西紀前二五八年、中国では斉《せい》、燕《えん》、韓《かん》、魏《ぎ》、趙《ちょう》、楚《そ》、秦《しん》の戦国の七雄《しちゆう》と呼ばれる列国があい争っていた。

天下統一をおこなう覇者《はしゃ》が出現しないまま、争乱が二百数十年もつづくあいだに、戦争の規模が大がかりになり、長期にわたる作戦をおこなわねばならなくなってきた。

戦国以前の春秋《しゅんじゅう》（西紀前七二二〜四八一）と呼ばれる時代には、戦闘の勝敗は彼我《ひが》の装備する戦車の数できまった。

戦車は単轅《たんえん》、双輪《そうりん》の四頭立ての馬車である。横木の両端に青銅の錐《すい》をとりつけ、近寄る敵を妨《さまた》げ、敵の戦車と攻めあうとき体当りできるような、青銅の柱を用いた頑丈な構造である。

車上には御者《ぎょしゃ》と二人の兵士が乗り、いずれも立ったままで弩《ど》を放ち戈《か》をふるって争闘する。歩兵は戦車のうしろに従い行動する。

だが戦国時代に入り、戦闘が大規模になってくると、騎兵《きへい》、歩兵による攻撃に重点がおかれるようになる。このため動員兵力は増加して、小国といわれる韓の戦闘部隊でさえ三十万人、強大な戦力を誇《ほこ》る秦は戦車千輛《りょう》、騎兵一万騎、帯甲《たいこう》歩兵百余万といわれていた。

歩兵、騎兵、戦車がたがいに援護しあい、遠方の敵には強力な弩を用い、接近して戦うときは、甲冑《かっちゅう》をつけない軽装の歩兵が、槍《やり》をふるい突撃した。

西紀前二六〇年は秦の昭王《しょうおう》在位四十九年の年であった。昭王麾下《きか》の将軍白起《はくき》は、韓、魏、楚、趙を三十余年のあいだくりかえし攻め、大勝を博していた。

この年の夏、白起は趙と戦い、大軍を秦の陣地へおびき寄せ、包囲することに成功した。本国との連絡を絶《た》たれ、秦の領内に孤立した趙軍は四十万人であった。

夏のはじめ、趙軍は韓の長平《ちょうへい》まで出兵して防衛線を敷いた。司令官の廉頗《れんぱ》は秦軍の猛烈な攻撃力を知っているので、城を築きたてこもった。

秦軍はなんとか野戦にひきこもうと挑発《ちょうはつ》するが、趙軍は応じない。趙王は廉頗のもとへたびたび使者を送り、決戦をうながした。

「四十万の精兵を率《ひき》いて、なぜ戦わないか。守勢をとるばかりでは、秦軍を増長させることになる。戦機をつかんで戦え」

それでも廉頗は動かなかった。

趙王は廉頗の軍勢が士気ふるわず、逃亡兵が続出していることに腹をたてていた。

その事情を秦の宰相范雎《さいしょうはんしょ》が聞きつけ、趙へ間者《かんじゃ》を放って千金を費《つか》わせ流言をひろめさせた。

「秦《しん》は廉頗《れんぱ》など怖《おそ》れていない。放っておけばいまに降参するだろう。趙《ちょう》軍の総大将に趙括《ちょうかつ》がつくことを、もっとも怖れているのだ」

趙王は流言を信じて司令官を更迭《こうてつ》した。趙括は着任すると、全軍に城を出て敵を攻撃せよと命じた。

白起《はくき》は麾下全軍に退却を命じた。趙軍はいきおいに乗って進撃し、秦軍の城を包囲したが、容易に陥落《かんらく》させられない。

秦の別動隊二万五千人が迅速《じんそく》に動き、趙軍と本国との連絡路を遮断《しゃだん》し、さらに騎兵隊五千人が趙軍陣地の弱点をつき、分断した。

秦の昭王《しょうおう》は秦領となっていた河内《かだい》地方の、十五歳以上の男子をことごとく狩り集め、長平《ちょうへい》へおもむかせ、趙軍の退路を完全に遮断させた。

趙軍は五十日ほど包囲《ほうい》されているあいだに、たがいに殺しあい、肉を食うほど飢えた。

彼らは秦軍の包囲網《もう》を破ろうと死の出撃をくりかえすが、たちまち追い返される。

司令官趙括は精鋭部隊を率い、突撃《とつげき》したが、弩《ど》の狙撃をうけ戦死した。ついに趙軍四十万人は、白起のもとに降伏した。白起は彼らの処置について考えた。

「趙の将兵を助命してやっても、かならず裏切るにちがいない。皆殺しにして禍根《かこん》を断《た》たねばならない」

白起《はくき》は趙軍四十万人のうち、年少者二百四十人を帰国させてやったほかは、全員を生き埋めにした。

悲報が伝わった趙の首都邯鄲《かんたん》（河北省《かほくしょう》）では、死者を悼《いた》み、白起の残虐を罵《ののし》る声が巷《ちまた》に満ちていた。

「秦人は戎翟《じゅうてき》にひとしい虎狼《ころう》の心をもっている。利を得るためにいかなる凶悪《きょうあく》なおこないをもはばからず、礼儀、徳行《とっこう》を知らず信義をかえりみない禽獣《きんじゅう》だ」

戦国の頃、中国の都市は発達していた。斉《せい》の臨淄《りんし》が七万戸であったといわれるが、邯鄲も数十万の人口を擁《よう》していたであろう。

都市が発達したのは、諸国が富国強兵策をとり、農業とともに諸産業を発達させたためであった。

斉、燕《えん》の地には絹、海魚、塩、鉄を産し、呉《ご》、楚《そ》、巴《は》、蜀《しょく》では錫《すず》、銅、丹砂《たんさ》などを産出する。

中国屈指の交通の要衝《ようしょう》である邯鄲には巨大な市場があり、諸国の商人が利を求めて集まっている。

秦軍は趙軍四十万人を生き埋めにしたのちも、攻勢をつづけていたが、邯鄲は戦場から離れており、商業取引がさかんにおこなわれていた。

市中に、陽翟《ようてき》（河南省禹県《かなんしょううけん》）の大商人呂不韋《りょふい》が滞在していた。彼は諸国を往来して、品物を安く仕入れて高く売り、千金のたくわえがあった。

彼はある日、町なかで年若い貴人を見た。秦の昭王《しょうおう》の孫、子楚《しそ》である。彼は秦の太子安《あん》国君《こくくん》の子であるが、兄弟は二十余人もいた。

母は夏姫《かき》というが、安国君の寵愛《ちょうあい》が薄《うす》いので、子楚は敵国の趙に人質として出された。

人質は春秋時代には、諸国間の信義をたしかめるための外交儀礼であったが、戦国の世になると、戦略の一環に組みこまれた。当時、秦の外交方針は、諸国が敵対する怖れがあるときは兵をさしむけて脅《おど》し、諸国が畏怖《いふ》していると見れば、人質を送り油断させようとする、酷薄なものであった。

子楚は人質にするには適当な手駒《てごま》であった。安国君の子息という身分であるが、情勢しだいで抹殺《まっさつ》されても秦国は痛痒《つうよう》を覚えない。

実際、秦は子楚を人質に送っておきながら趙を攻め、大損害を与えている。趙では子楚への待遇がきわめて冷たくなっていた。

趙王も子楚が庶腹の子で、秦王室で軽んじられているのを知っている。子楚は外出の際の乗物に不自由し、日常の経費にも窮《きゅう》していた。

呂不韋は子楚の暮らしむきを知ると、考えた。

「この奇貨《きか》、居《お》くべし」

この掘りだしものは、手に入れておいたほうがいい、という意である。

呂不韋は父親と相談し、子楚がめったにない掘りだしものであるとの同意を得た。田畑を経営して得る利益は資本の十倍、珠玉珍宝を売買して得る利益は資本の百倍、国王の庇《ひ》護者《ごしゃ》になって得る利益は、際限がないというのである。

呂不韋は邯鄲の子楚の屋敷をたずね、話をきりだした。

「私はこのお屋敷を大きく建て直したいと存じます」

子楚は笑って答えた。

「まずあなたの家を大きくしなさい。私の住居はそのあとでいい」

　呂不韋はいった。

「あなたさまはお分りにならないのですね。私の家は、あなたさまのお屋敷が大きくなることもない、さかえてくるのですよ」

　子楚は呂不韋の真意に気づき、彼を奥へ招き、内心をうちあけあった。

　呂不韋はいった。

「秦王はお年を召されました。安国君《あんこくくん》は太子に立たれましたが、華陽《かよう》夫人をご寵愛なされていると、ひそかに聞いております。しかし華陽夫人にはお子さまがおられません。安国君の後嗣《こうし》を定めるのは、華陽夫人ということになります。

　いま、あなたさまのご兄弟は二十余人。次男のお立場でしあわせ薄《うす》く、長く他国で人質としておられます。もし大王が薨《こう》ぜられ、安国君が王位を嗣《つ》がれたときは、あなたさまはご長兄をはじめ父上のお傍《そば》におられる弟君がたと、太子の座をあらそうことは、できなかろうと存じます」

　子楚は答えた。

「その通りだよ。私はどうすればいいだろう」

「あなたさまは貧しく、人質のお身のうえです。ご親戚の方々に献《ささ》げものをし、諸侯の賓《ひん》客《きゃく》たちと交遊することがおできになりません。私は微力ではありますが、千金をご用立てして秦国へ出向き、安国君と華陽夫人にお仕《つか》えし、あなたさまがお世嗣ぎになれるよう努力いたします」

子楚は床に額をすりつけていった。

「あなたの策のように事が運べば、秦国を分けて共有しましょう」

呂不韋はふるい立った。子楚を世嗣ぎにすれば、戦国七雄のうちもっとも強大な秦国を支配する立場を得ることができる。

呂不韋は五百金を子楚に与え、諸国の賓客と交遊する費用にあてさせることにした。太子となるためには、交際をひろめ、諸侯のあいだに人望をつちかっておかねばならない。

彼は残りの五百金をなげうち、さまざまの珍奇な品物を買い集め、秦にむかった。

秦の首都咸陽《かんよう》に着いた呂不韋は、手蔓《てづる》をもとめ華陽夫人の姉に会い、たずさえてきた珍物をすべて華陽夫人に献上した。

夫人に目通りを許された呂不韋は、子楚の近況を語った。

「子楚さまは賢明なお方で、諸侯の賓客と交遊し、徳望は天下に聞えています。日頃仰《おお》せられるには、私は華陽夫人を天と鑽仰《さんぎょう》し、日夜泣いて太子と夫人を思っているとのことにございます」

華陽夫人はおおいに心を動かされ、子楚の思慕《しぼ》をうけていることをよろこんだ。

呂不韋はさらに、華陽夫人の姉を説《と》いた。

「容色《ようしょく》をもって人に仕える者は、容色衰えれば愛が弛《ゆる》むと申します。いま華陽夫人は太子にお仕えなされ、ご寵愛《ちょうあい》を一身にあつめておられますが、お子さまに恵まれていません。いまのうちに王子さま方のなかで、賢明で孝心のあついお方と結んで、養子として立てられるべきです。

そうしておけば、安国君の在世のあいだは家来の尊敬を集め、夫君が薨《こう》じられたのちも、養子が王位につけば、権勢はゆるがないでしょう。これがいわゆる万世の利というものです。いまのうちに方針をさだめておかないと、夫人の容色が衰え、夫君の愛がゆるめば、ご意見もまったくうけいれられなくなります。いま、子楚さまは次男で世嗣ぎになれる見込みがなく、ご生母もまた、寵愛をうけておられないので、夫人を頼《たよ》ろうとなさっておられます。自らの立場を考量なされての賢明なご判断です。夫人が子楚さまの願望に応じ、あの方を抜擢《ばってき》して世嗣ぎの地位をお与えになれば、生涯秦における権勢はゆるぎないものとなりましょう」

華陽夫人の姉は、呂不韋の意見を妹に伝えた。

夫人は心を動かされ、安国君が彼女のもとへおとずれたとき、告げた。

「趙へ人質としていっている子楚は、たいへん賢明であるとの噂《うわさ》がひろまっています。邯《かん》鄲《たん》へ来往する諸国の賓客たちのあいだに、信望が高まっているとのことでございます」

夫人は涙を流して、頼《たの》んだ。

「私はさいわい後宮に入れていただきましたが、不幸なことに子に恵まれません。できることなら子楚を私の養子として、わが身を託《たく》したいと存じます」

安国君は寵姫《ちょうき》の願いをいれ、夫人のために玉《ぎょく》の割符《わりふ》を刻《きざ》ませ、子楚《しそ》を世嗣ぎに定めるしるしとした。

安国君と華陽夫人は呂不韋に手厚い贈りものをつかわし、命じた。

「そのほうは、こののち子楚の傅役《もりやく》となるがよい」

呂不韋《りよふい》の計画は、早くも成功の緒についた。趙《ちょう》における子楚の名望は、たちまち高まった。

彼が将来、秦王の座につくのであれば、趙王といえどもないがしろな態度をとることはできない。子楚への待遇は丁重《ていちょう》をきわめるようになった。

呂不韋は邯鄲の屋敷に舞姫《まいひめ》を住まわせ、ともに暮らしていた。絶世の美女として知られている彼女は、呂不韋の子をみごもっていた。

あるとき、子楚が不韋の屋敷へ遊びにきた。不韋が酒宴《しゅえん》の座に彼女を出して接待させると、子楚はその美貌《びぼう》に目を奪われた。

「これほど艶麗《えんれい》な女性を、いままで見たことがない。咲きほこる花を眺《なが》めるように、見飽きないではないか」

舞姫は子楚の玉杯《ぎょくはい》に酒をつぎ、料理をすすめ、酒席をにぎわすために、酒令《しゅれい》をおこなった。

酒令とは、酒席でたわむれに定める約束ごとである。くじをひかせ罰杯《ばっぱい》を飲ませ、隠し芸をさせる。

舞姫は手に松毬《まつかさ》を握り、数をあてさせ、まちがえた者に杯を干させる。また、さまざまな楽器を奏《かな》でるまねを無言で演じ、誇張《こちょう》した動作の滑稽《こっけい》な様子にたえかねて笑った者に罰杯を飲ませた。

子楚は杯を重ねるうちに、陶然《とうぜん》と酔った。彼は舞姫が鉦鼓《しょうこ》のひびきにあわせ、緋《ひ》の襖《うわぎ》、錦《にしき》の長袖《ながそで》をひるがえし、赤皮《あかがわ》の靴を踏み鳴らし、風のように胡舞《こぶ》を舞いはじめると、傍《かたわら》にいる呂不韋や諸国の賓客の存在を忘れた。

子楚の身内には、渭水《いすい》の南、秦嶺《しんれい》山脈の西端にあたる西垂《せいすい》、犬丘《けんきゅう》の地で遊牧をなりわいとしていた先祖の血が流れている。

秦では西紀前三五九年まで、父子が同室に起居《ききょ》する習慣があった。それは中国では北方遊牧民族の習俗として異端視《いたんし》されていた。

父と息子が同室で暮らすことは、父が死ねば息子がその妻をうけつぎ、わがものにすることである。兄弟が死ねば、やはりその妻を奪《うば》う。

このような習慣は、遊牧民族のあいだでは配偶者を失った女性の生活をなりたたせるための手段であったが、中国では道徳に反する野蛮《やばん》な戎翟《じゅうてき》の風とされていた。

子楚は奔放《ほんぽう》な遊牧者の激しい感情をよみがえらせた。眼前でかぐわしい香りをふりまき、蝶のように旋舞《せんぶ》をする舞姫を、なんとしてもわがものにしたいという思いがこみあげてくる。

――この女は、不韋の思いものだ。彼に情をかけられているだろう。私は不韋によって安国君の後継《こうし》を保障する玉の割符《わりふ》を得た。不韋は舞姫を愛しているだろう。だが私はどうしても彼女をわがものとしたい。不韋の不興を買ってもかまわない――。

不韋は商人である。貴重な奇貨《きか》である自分を、いまさら捨てることはできないと子楚は推測していた。

子楚は胸苦しい激情に押され、立ちあがって呂不韋に丁重な礼をしていった。

「あなたの健康とさかんな運勢を祝福します。今日は結構な饗宴《きょうえん》にお招きいただき、まことに感謝の言葉もない。ついてはあえてあなたにひとつお願いしたいことがある」

「何なりと仰《おお》せられよ」

子楚はいった。

「この舞姫を私が貰《もら》いうけたい」

呂不韋は耳を疑い、返す言葉がなかった。

「それはいかにも難題《なんだい》です。しばらく考える暇《ひま》をいただきとうございます」

呂不韋は憤怒《ふんぬ》をおさえられず、酒宴《しゅえん》をきりあげ自室にとじこもり、考えこんだ。

彼は舞姫を愛していた。妊《はら》ませた彼女を子楚に托《たく》すことはできないといったんは思いたったが、考えなおした。

――これまで貯《た》めこんだ千金をなげうち、子楚に尽《つく》したのは、生涯に二度と得られない幸運を釣《つ》りあげようとしたためだ。目的を達成するためには、何事も堪《た》え忍《しの》ばねばならない——。

彼は子楚に舞姫を献じた。舞姫は呂不韋の子をみごもっていることを隠し、子楚のもとへゆく。彼女は月満ちて男子の政《せい》を生んだ。

子楚はよろこんで、舞姫を正夫人《せいふじん》とした。

男児が政と名づけられたのは、昭王の五十年（西紀前二五九年）正月の生れ月にちなんだものであった。子楚は政をわが子と信じていた。

秦軍はその頃、邯鄲へ王齕《おうこつ》将軍の指揮《しき》する大軍をさしむけ、攻撃させていた。名将白起《はくき》は病床にあり、前線に出向くことができないので、百万の秦軍も一進一退して邯鄲を陥《おとし》れることができない。

趙王は秦軍が邯鄲の城壁の外まで肉迫してきたので、近臣に命じた。

「仇敵《きゅうてき》の片割れで、安国君の後嗣ときまった子楚を、このうえ生かしておくわけにはゆかない。いまのうちに殺してしまえ。秦軍に取り戻されてはならぬ」

呂不韋は切迫《せっぱく》した情況を察知して、子楚の屋敷を看視《かんし》している役人を、金六百斤《きん》（約一五三キログラム）で買収《ばいしゅう》し、邯鄲から脱出させた。

邯鄲《かんたん》に残った政と母は、趙の大官のもとにかくまわれ、生きのびた。

六年の歳月が過ぎた。昭王は五十六年の治政ののち薨《こう》じた。太子安国君が秦王となり、華陽夫人が王后《おうこう》、子楚は太子となった。

趙王は子楚夫人と政を、礼をつくして秦へ送り返してきた。趙王にとって、四十万の将兵を長平《ちょうへい》で生き埋めにされた遺恨《いこん》は忘れられるものではないが、趙の太子となった子楚の妻子を殺すことはできない。国交がとざされているとはいえ、外交儀礼は守らねばならないとされていた。

政が九歳まで過ごした邯鄲は、豪商が軒《のき》をつらねる繁華《はんか》な都市であった。王城は現在の邯鄲市の南北の郊外にあった。いまに残る遺跡は、一辺一三〇〇メートルから一四〇〇メートルの城壁に囲まれた正方形の区画《くかく》が三つ、品の字形に残存する。

宮殿跡と見られる「龍台《りゅうだい》」と呼ばれる墓墳《ぼふん》は、南北二八五メートル、東西二六五メートルという、巨大な規模である。

当時の商人は、他人の捨てる品物を買い集め、他人の買い集める品物を売りさばくのが、最上の商法であると考えていた。

商人が商《あきな》いをするのは、孫子《そんし》、呉子《ごし》の説《と》く戦法と同様である。飲食《おんじき》の贅沢《ぜいたく》をせず、欲望を節制《せっせい》し、粗服《そふく》をまとい、使用人たちと苦楽をともにしてはたらく。

商機がきたときは、猛獣《もうじゅう》、猛禽《もうきん》が獲物《えもの》にとびかかるように敏捷《びんしょう》に行動する。

物の値が安いのは、やがて高くなる前ぶれである。値が高いのは、やがて安くなる兆《きざ》しである。物価が高くなってゆくとき、手持ちの物資を土塊《つちくれ》のように惜《お》しげもなく売りさばき、安くなってきたときは真珠か硬玉を買うと思って仕入れるべきである。

このような商法を実践《じっせん》する、賢《かしこ》い商人たちが邯鄲に大勢集まっていた。郭縦《かくしょう》という製鉄をおこなう商人は、邯鄲で王侯に匹敵するほどの財をたくわえ、諸国に名を知られていた。

安国君は即位したとき、五十三歳であった。昭王が長寿を保ったので、王位についてのち、まもなく薨じ、孝文王《こうぶんおう》と諡《おくりな》された。

西紀前二五〇年、子楚がかわって王位についた。三十二歳の荘襄王《そうじょうおう》である。呂不韋のたくわえた奇貨が、ついに真価を放つことになった。

荘襄王の母華陽后は華陽太后《たいこう》、生母夏姫《かき》は夏太后となり、呂不韋は宰相《さいしょう》に任じられ文信《ぶんしん》侯《こう》と名乗り、河南洛陽《かなんらくよう》の十万戸を領地とすることになった。

荘襄王は強大な秦軍を率《ひき》い、四境に侵略の戦いを挑《いど》むうち、即位後三年で薨《こう》じた。あとを継ぎ、秦王となったのは十二歳の政《せい》であった。

政は呂不韋を重用《ちょうよう》し、大宰相《だいさいしょう》に任《にん》じ、仲父《ちゅうほ》と呼んだ。大宰相は丞相《じょうしょう》より上位、仲父は叔《お》父《じ》または父に次ぐ者の意である。

政の母太后は、ひそかに呂不韋と私通するようになった。不韋の邸宅には、一万人の召使いがいる。その権勢は政を凌《しの》ぐほどであった。

当時、魏に信陵君《しんりょうくん》、楚に春申君《しゅんしんくん》、趙に平原君《へいげんくん》、斉に孟嘗君《もうしょうくん》がいて、優秀な人材を厚遇《こうぐう》し、賓客を養い、たがいに競いあっていた。

呂不韋は強大な戦力を擁《よう》する秦が、文化において劣《おと》るのを恥《は》じ、天下の人材を招いて厚遇した。

戦国の実力競争の社会では、門閥、階級社会の壁が壊され、門地《もんち》を持たない布衣《ほい》の人材が、諸国を往来して活動するようになった。

　諸子百家と呼ばれる、自由な思惟《しい》の結果である学説が雲のように湧《わ》きおこった。

　才能のある者は出自、身分を問われることがないので、郷国を出て他国に仕《つか》える風潮がさかんになった。

　戦国の四君が多数の論客《ろんきゃく》を養ったのは、この時代を象徴する動きである。

　呂不韋は賓客三千人を集めた。諸侯のもとに寄食する論客の行動は活潑《かっぱつ》で、荀子《じゅんし》の学派は孟子《もうし》の性善説に対し性悪説をとなえ、書物を著述し天下にひろめていた。

　呂不韋は養っている論客たちにそれぞれの学ぶところを著述させ、有始、孝行、慎大、先識、審分、審応、離俗、時君の八篇を収めた『八覧《はちらん》』、開春、慎行、貴直、不苟、似順、士容の六篇を収めた『六論《ろくろん》』、春夏秋冬を四季のはじめ、なかば、末に分けた十二篇を収めた『十二紀《じゅうにき》』二十余万言の書篇をつくった。

　そのうちには天地、万物、古今の事例が網羅《もうら》されているとして、『呂氏春秋《りょししゅんじゅう》』と名づける。呂不韋はそれを咸陽《かんよう》の市場の入口に置き、千金の賞金をかけ、書篇のうちに一字でも増減できる者は名乗りでるよう公示した。

　そうしてなお論客を集めようとしたのである。

　秦王政《せい》はしだいに成人してゆくが、母太后の淫行《いんこう》はやまなかった。呂不韋はいずれは太后との関係が秦王の耳にはいるにちがいないと怖れた。

秦王は他の六国が協力して当っても対抗できない、強大な国軍を統帥《とうすい》している。政の父荘襄王は短い治世のあいだに、黄河《こうが》沿いの中原《ちゅうげん》の地に展開する韓、魏、趙に猛攻を加えた。

即位して間もない西紀前二四九年、秦軍は韓に殺到し、成皐《せいこう》、滎陽《けいよう》、鞏《きょう》を占領し、三川《さんせん》郡《ぐん》を領土とした。魏の王城大梁《たいりょう》は目前である。翌年、秦軍は鉾先《ほこさき》を転じ、長駆して趙の太《たい》原《げん》を襲い、陥落させた。

さらにその翌年、魏に乱入し、高都《こうと》と汲《きゅう》を陥れたいきおいを駆って、趙の楡《ゆ》次《じ》、新城、狼孟《ろうもう》を攻撃し、一帯の三十七城を占領した。おなじ頃、秦に降伏していた秦の上党郡の土豪が蜂起《ほうき》すると、ただちに鎮圧して太原郡として領土に組みいれる。

秦軍の将兵は、戦場で命を惜しまず戦う。秦国では人民をきびしい刑罰で取りしまり、貢納を重くして苛酷な労役を課した。褒賞《ほうしょう》を得ようとすれば、戦場で手柄をあげるよりほかに道はない。

このため人民は、わずかな快楽をあがなう銭を得るために、戦場で捨て身のはたらきをした。

秦軍の戦闘隊形は、かならず前衛に甲冑《かっちゅう》をつけない軽装歩兵部隊が置かれる。彼らは軽装のままで、甲冑をつけた敵軍に襲いかかる。

軽装の兵は当然死傷率が高くなるが、行動が迅速《じんそく》であるため、戈《か》や剣をふるっての白兵《はくへい》戦《せん》に悪鬼のようなはたらきをあらわす。

前衛部隊のうしろには、戦車と重装歩兵が交互に配置された、大部隊がつづく。それが主力部隊で、軍陣の左右には、それぞれ外にむかった翼衛部隊。後方を護《まも》る殿軍は、うしろむきに配置され、背後からの敵の奇襲に備えている。

このような大軍団は鐘鼓鈴旗《しょうこれいき》の合図で、攻撃前進をはじめる。鼓《つづみ》を打てば前進、二度鼓を打てば攻撃。鐘を打てばその場にとどまり、二度鐘を打てば退却する。

伝令は鈴を鳴らして走り、旗は左右に振って軍団の前進方向を示した。各部隊は弩《ど》を装備して、遠方の敵を射撃で倒し、接近すれば刀槍《とうそう》をふるって戦う。

軽装歩兵は、丈《たけ》が膝《ひざ》にとどく長袖の袍《わたいれ》をつけ、腰に革ベルトを締めている。ベルトは帯《たい》鉤《こう》（バックル）でとめられている。

足ごしらえは、半ズボンの下に脚絆《きゃはん》をつけ、爪先《つまさき》が角張った靴をはき、丸髷《まるまげ》を頭の右側に寄せて結《ゆ》っている。彼らは重装備の敵兵に迅速な攻撃をしかける、決死隊であった。

用いる武器は、戈《か》、戟《げき》、鈹《ひ》などの長柄のもののほかに、金鉤《きんこう》、短剣など、肉迫戦闘に威力を発揮するものがあった。

青銅の剣は全長が三尺（六七・五センチ）で、薄紙を両断できる鋭利な切れ味である。

金鉤は、三日月のように湾曲《わんきょく》した両刃《もろは》の剣で、刀身は二尺、接近戦で敵の手足や首を掻《か》き切るとき、威力を発揮した。

歩兵の持つ弩は、弩臂《どひ》の長さがおよそ七〇センチと小型であるが、射程は長く、一〇〇メートル以上に達した。

鎧《よろい》をつけた重装歩兵は、軽装歩兵隊のあとにつづき、戈、戟などの武器をふるい、怒濤《どとう》のように敵軍を薙《な》ぎ倒してゆく。

戦車に乗る御者と二人の兵士は、疾駆しているときも車上に立っていなければならないので、特殊な訓練をうけた精鋭だけが配属された。

呂不韋《りょふい》は厳格な軍律により、統制された大軍団を率いる秦王政《せい》が、母と彼との密事に気づいたとき、どのような刑罰を加えるであろうかと想像すると、身内が凍る思いであった。

政が成長してくれば、その目をかすめ母后と私通をつづけることはむずかしい。露見すれば、車裂《くるまざ》きの極刑をうけることにもなりかねない。だが太后は彼を求めてやまなかった。

呂不韋は一計を案じた。自分のかわりに、太后にあらたな愛人をあてがうのである。彼は邯鄲《かんたん》出身の嫪毐《ろうあい》という男を探しだしてきた。嫪毐は太陰（巨大な一物）の持主として知られていた。

呂不韋は嫪毐を召使いとして雇《やと》いいれたのち、太后の気をひかせようとした。彼は邸内で淫《みだ》らな音楽を奏《かな》でさせ、嫪毐に命じ、一物に桐の車輪をかけて歩かせた。

太后はこの噂を耳にして淫心をそそられ、嫪毐を近侍《きんじ》させたいと願うようになった。呂不韋は嫪毐を太后のもとへさしだすため、人を使い、策略をおこなった。

嫪毐に腐罪《ふざい》の罪にあたる咎《とが》があると訴えさせたのである。腐罪とは、男子の生殖器を切除する刑で、宮刑ともいわれる。後宮に仕える男性は、宮刑をうけた宦官《かんがん》にかぎられている。

呂不韋はひそかに太后に告げた。

「嫪毐《ろうあい》が腐刑をうけた者であるといつわれば、給事中《きゅうじちゅう》としてお傍《そば》に仕える役にとりたてることができます」

太后は腐刑をおこなう役人に手厚く金品を与え、嫪毐を宮刑に処したということにさせた。

嫪毐は眉毛とひげを抜き、宦官の外見をととのえ、太后の給事中となることができた。太后は嫪毐を寵愛《ちょうあい》し、昼夜をとわず歓楽をともにする。

だが、呂不韋も思い至らなかった事態がおこった。太后が妊娠したのである。彼女はよそに知れるのをおそれ、卜者《ぼくしゃ》に偽りの占いをおこなわせた。

「時の祟《たた》りをお避けになるため、しばらく雍《よう》の離宮にお移りなさいませ」

雍は現在の陝西省鳳翔県《せんせいしょうほうしょうけん》の県城の南にある秦の旧都で、秦王代々の霊廟《れいびょう》がある。太后は雍で子供を生んだ。

嫪毐は常に太后に近侍し、賞賜《しょうし》をおびただしく受けている。太后の身辺のことは、すべて嫪毐《ろうあい》が決裁した。嫪毐の召使いは数千人、官途《かんと》を求めて彼のもとに食客となっている者が、千余人もいた。

政が十九歳となった西紀前二四〇年、荘襄王《そうじょうおう》の生母夏《か》太后が薨《こう》じた。孝文王の后華陽《かよう》太后は、夫とともに寿陵《じゅりょう》に葬られ、夏太后の子の荘襄王は芷陽《しよう》に葬られていたので、夏太后はふたつの陵の中間に葬られた。

夏太后は、生前に遺言をしていた。

「私の墓は、東にわが子を望み、西にわが夫を望む場所に置きたい。百年ののちには、私の墓のまわりに一万戸の都ができるだろう」

呂《りょ》不《ふ》韋《い》破滅

政《せい》が帝位に就《つ》いて九年めの西紀前二三八年、呂不韋《りよふい》は文信侯《ぶんしんこう》、嫪毒《ろうあい》は、長信侯《ちようしんこう》に封《ほう》ぜられていたが、あるとき嫪毒がサイコロ博打《ばくち》に興じるうち、邯鄲《かんたん》で放埒《ほうらつ》な明け暮れを送っていたときの癖をあらわしてしまった。

彼は秦《しん》の重臣《じゆうしん》である立場を忘れ、相手を罵《ののし》った。

「貴様は俺を誰だと思っているんだ。俺は王の義父だ。驚いたか」

酩酊《めいてい》した嫪毒が喚《わめ》きたてたので、相手はおそれいって、博打の賭金をとりたてるのを見あわせた。

だが憤懣《ふんまん》がおさまらないので、秦王政《せい》に密告した。

「嫪毒は実は宦者《かんじや》ではありません。彼は以前から太后《たいこう》と私通乱行《しつうらんこう》にふけり、子二人をもうけましたがこれを隠《かく》しております。さらに太后《たいこう》と謀《はかりごと》をめぐらし、王が薨《こう》じたときわが子を後継《あとつ》ぎにするつもりでいます」

政は近臣に実状を探索させ、密告の内容が事実であると知ったが、それを公表せず、情勢の推移をうかがった。

二十二歳の政は、衝撃《しようげき》をうけた。生母が卑賤《ひせん》の男とのあいだにもうけた二子は、わが血につながる弟である。

このまま放置すれば、母は自分を謀殺《ぼうさつ》し、嫪毒の子を王位に就《つ》けるにちがいない。

――やむをえない。母上は幽閉《ゆうへい》し、嫪毒の縁者《えんじゃ》はすべて族滅《ぞくめつ》しよう――

政はわが血族にかかわる粛清《しゅくせい》であるため、機の熟するのを待つ。彼はあるとき秦の古都雍城《ようじょう》へおもむき、郊祀《こうし》をおこなった。郊祀は野外で天を祀《まつ》る祭礼である。

雍城は咸陽《かんよう》から渭水《いすい》に沿い、西方へおよそ一〇〇キロ離れている。

嫪毒は太后との密事が政に露顕《ろけん》していることを知っていたので、座して破滅を待つよりも、挙兵して乱を起こすことにした。彼は同志を募《つの》り、太后の印《いん》を盗用し軍隊を出動させ、蘄年宮《きねんきゅう》（陝西省鳳翔《せんせいしょうほうしょう》南部）という離宮《りきゅう》に拠《よ》り、叛旗《はんき》を掲げた。

嫪毒が叛《そむ》くのを待っていた政は、ただちに強力な征討軍を派遣し、攻撃する。嫪毒は一敗地にまみれ、捕《とら》えられた。

嫪毒は車裂《くるまざ》きの刑に処せられるまえ、政を罵《ののし》った。

「貴様の体には、秦王の血は流れていない。貴様は呂不韋《りょふい》の子だ」

政の身内で、疑惑が雷鳴のように鳴り騒いだ。

彼は叱咤《しった》した。

「巨陰《きょいん》によって栄華を得た罪を、まもなく償《つぐな》うのだ。五体を引き裂かれ、現世への回生を永遠に許されることなく、冥府《みょうふ》をさまよいつづけよ」

政が嫪毒を殺したのは世紀前二三八年四月。九月には嫪毒の父母、兄弟、妻子と、太后《たいこう》が生んだ二人の幼児をも殺した。太后は雍城《ようじょう》に移し、幽閉する。

嫪毒に仕えた数千人の舎人《とねり》（食客）は、籍没《せきぼつ》して蜀《しょく》（四川省《しせんしょう》）へ追放した。

　政は丞相《じょうしょう》よりも高位の相国《しょうこく》の地位にある呂不韋を処断しなければならないが、ためらった。

　賓客《ひんきゃく》、弁士《べんし》のうちには、彼を弁護《べんご》する者が多かった。

　相国が先王《せんのう》に仕《つか》えた功績は大きく、嫪毒を招いた罪で死を賜《たま》わるのは思いとどまるべきであるという声に押され、政は翌年十月、呂不韋から相国の位階を奪い、河南《かなん》の封地《ほうち》へ追放した。

　まもなく生母太后を雍城から咸陽《かんよう》へひき戻した。

　事件は解決したかのように見えたが、血肉の疑惑はなお尾をひいている。河南に住む文信侯呂不韋の声望《せいぼう》はなおさかんで、一年あまりたっても、諸国からの客人、使者が頻々《ひんぴん》と彼を訪問し、行列をつくる有様《ありさま》であった。政は、呂不韋が謀叛《むほん》すれば、嫪毒のようにたやすく鎮圧《ちんあつ》できないと危惧《きぐ》したが、実父であるかも知れない彼を討伐《とうばつ》する決心がつかず、親《しん》書《しょ》を送った。

「あなたは秦に対し、いかなる功績があって河南文信侯となり、十万戸の食邑《しょくゆう》を得ているのか。また、秦王家といかなる血縁があって、仲父《ちゅうふ》と号しているのか。予はあなたに、一家眷族《けんぞく》とともに蜀《しょく》へ移住することを命じる」

　呂不韋はわが権勢《けんせい》を政に憎まれ、いずれは誅殺《ちゅうさつ》に追いこまれるであろうと思い、酖毒《ちんどく》をあおいで自殺した。

呂不韋が破滅したのち、政の側近として擡頭《たいとう》してきたのは李斯《りし》であった。

李斯は楚《そ》の上蔡《じょうさい》（河南《かなん》省上蔡県）の出身で、若い頃は郡の下役人であった。秦の白起《はくき》将軍が四十万の趙《ちょう》軍士卒を生き埋めにした、西紀前二五八年の頃である。

李斯はいつまでたってもうだつのあがりそうにない生活に、絶望していた。

このままでは、能なしの上役の鼻息をうかがいつつ、汲々《きゅうきゅう》として一生を過ごすことになる。昇進するためには、上司に賄賂《わいろ》を贈り、悪行《あくぎょう》の手助けをしなければならない。出世といっても、郡の役所であればたかが知れている。

あるとき彼は考えた。

「役所の厠《かわや》に出没する鼠《ねずみ》は、汚穢《おわい》をくらって生きている。人や犬の影を見ては怯《おび》え、すばやく逃げ走る。だが倉庫に住みついた鼠は、積みかさねられた穀物《こくもつ》を食い、大屋根の下で風雨の気遣いもせず、人や犬にも逢わず、悠々と暮らしている。人間の賢《けん》と愚《ぐ》も、住む場所できまるのだ」

わが才能を発揮《はっき》するためには、然《しか》るべき舞台を求めねばならないと思いたち、荀子《じゅんし》（荀卿）の弟子となり、帝王治政の術を学んだ。

荀子はその頃、楚《そ》の蘭陵《らんりょう》の県令であった。荀子は儒家《じゅか》として、人の性は善であるという孟子《もうし》の性善説《せいぜんせつ》に反対し、性悪説《せいあくせつ》をとった。荀子は、道徳は天が命じる規範《きはん》ではなく、社会秩序を保《たも》つために必要であるにすぎないという。

智徳《ちとく》を兼ねそなえた天子は、法や刑罰で国家を統治しない。野《や》に遺賢《いけん》なからしめ、礼にのっとり、万民を帰服《きふく》させねば、国家の基盤は強固なものにならないと説く。

李斯は学業をおえると、荀子に別れを告げた。

「師の仰《おお》せられるところでは、時機を得れば、ゆるがせにするなかれ、とのことでございます。いまは諸侯《しょこう》がたがいに覇権《はけん》をあらそい、遊説《ゆうぜい》する論客《ろんきゃく》、策士《さくし》を召《め》し抱《かか》え、重用《ちょうよう》しています。秦王は天下を併呑《へいどん》するいきおいをあらわしておりますが、私のような名もなき布衣《ほい》の論客が、腕をふるうべきところとして見逃せません」

当時、斉《せい》、楚《そ》、燕《えん》、趙《ちょう》、韓《かん》、魏《ぎ》の六国《りっこく》は、国威ふるわず、秦のいきおいを妨《さまた》げるほどの戦力を持たなかった。

李斯はいう。

「地位も財産もない私のような者が、心に栄達《えいたつ》を願うのみであれば、目前の餌《えさ》をくらう鳥《ちょう》獣《じゅう》とかわらず、人としての価値はありません。すみやかに機会をつかむべきです。男として、低い地位にいるほど大きな恥辱《ちじょく》はなく、生計に窮《きゅう》するほどの悲哀《ひあい》はありません。長年月を低い地位にいて貧困に苦しめられながら、世の風潮を憤《いきどお》り、利に走る者を嘲《あざ》けり、自らはなすところなく高潔であるとうぬぼれるようなことは、男子の本懐《ほんかい》ではありません。それで私は西方へ道を辿《たど》り、秦王に仕えて献策《けんさく》をしようと思います」

荀子は応じた。

「私はまえに一度、秦へ出向いたことがある。国境の地勢は守るに易《やす》く、国内は山林、河《か》川《せん》をめぐらし豊饒《ほうじょう》である。だが、秦王は権力で人民を恐れさせ迫害し、刑罰《けいばつ》で服従させている。人民が利を得るためには、戦場で手柄をたてるよりほかはない。人民を酷使《こくし》して、戦場で手柄をたてたとき、莫大《ばくだい》な恩賞《おんしょう》を与える。敵の首五級をあげた者には、五家族を支配する権利をやる。あのような恐怖政治はいつまでもつづかないだろう。お前は秦におもむき、礼を教えてやれ」

李斯が秦に着いたのは、政《せい》の父荘襄王《そうじょうおう》が亡くなった西紀前二四七年であった。

彼は文信侯呂不韋《りょふい》のもとに身を寄せ、舎人《とねり》となった。呂不韋は李斯の才を認め、政の近《この》衛将校《えしょうこう》である郎《ろう》に任じた。李斯は政にさまざまの進言《しんげん》をした。

「他人の失敗をいたずらに待っている者は、成功の機会を失います。世にぬきんでるほどの者は、他人がわずかな過失《かしつ》をすればすかさずつけいって、情容赦《なさけようしゃ》もなく打ち倒します。昔、王のご先祖穆公《ぼくこう》は諸侯の覇者《はしゃ》（盟主）とおなりになられましたが、東方の六国《りっこく》をわがものとはできませんでした。当時は諸侯の数は多く、周王朝の威令《いれい》はなおふるい、そのため五伯《ごはく》（斉《せい》の桓公《かんこう》、晋《しん》の文公《ぶんこう》、秦《しん》の穆公《ぼくこう》、宋《そう》の襄公《じょうこう》、楚《そ》の荘王《そうおう》）らがむらがりおこり、周を扶《たす》けたためです。

周の孝公《こうこう》以来、その王威は没落《ぼつらく》し、諸侯はたがいに併呑《へいどん》、離合《りごう》をくりかえし、函谷関《かんこくかん》の東には六つの大国だけが残りました。

秦はいまもっとも強く、諸侯を望むがままに操っておられます。その威勢《いせい》は孝公、恵文《けいぶん》王《おう》、武王《ぶおう》、昭王《しょうおう》、孝文王《こうぶんおう》、荘襄王《そうじょうおう》とつづいています。

いまの秦にとっては、他の六国は秦の郡《ぐん》か県《けん》であるかのようであります。秦の強大無比《きょうだいむひ》の戦力と賢明な大王の武略《ぶりゃく》を用いるならば、諸侯を抹殺《まっさつ》し、天下を統一して帝位に就《つ》くのは、かまどのうえの埃《ほこり》をはらいおとすほどたやすいでしょう。

いまは万世一遇《ばんせいいちぐう》の好機であります。この機を怠《おこた》ることなくつかみ、急に事を成就《じょうじゅ》しなければ、諸侯がいきおいを盛りかえすでしょう。彼らが協力して合従《がっしょう》して秦にあたれば、たとえ上古《じょうこ》の聖天子《せいてんし》であった万能の黄《こう》帝《てい》の才があっても、彼らを伐《き》り従えるのは困難になるでしょう」


秦が勃興《ぼっこう》する以前、青銅器文化を発達させた、周という王朝が存在した。

中国民族が青銅器を用いるようになった歴史は古い。西アジアで青銅器の製造がさかんになった、西紀前二千年頃には使っていたであろう。

中国の古代王朝殷《いん》において青銅器はすでに発達していたが、武器、楽器、装飾品《そうしょくひん》、礼器《れい》から農機具に至るまで、完成品を製造するようになったのは、殷のあとを継《つ》いだ周王朝の時代である。

周の武王が殷王朝を亡《ほろ》ぼし、新しい統一国家を創始したのは、西紀前十二世紀ごろであるといい伝えられている。

周の時代、その版図《はんと》の各地に君《くん》、公《こう》、侯《こう》、伯《はく》などの諸侯が存在し、独立して領地《りょうち》を支配しつつ、周王室の命令に服従する連邦制がとられていた。

諸侯のうちには、周が出現するまえから自領《じりょう》の族長《ぞくちょう》で、周の勢力が高まるにつれ帰服《きふく》した異姓《いせい》の諸侯がいた。それに対し周王の同族で同姓の諸侯がおり、彼らは王室の藩屏《はんぺい》としての立場であった。

周が繁栄《はんえい》していたあいだは、王権のもとで諸侯は秩序正しく服従していた。礼楽《れいがく》すなわち社会秩序のこまかい規定が定められている。

周の礼経《れいきょう》三百、威儀《いぎ》三千といわれ、国政についての規定から、士民の冠婚葬祭に至るまでの儀礼が定められ、万民がこれを守って社会秩序に従っていた。

『孝経《こうきょう》』に述べている。

「上《かみ》を安《やす》んじ民《たみ》を治《おさ》むるは、礼《れい》よりよきものはなし」

社会の上層には、王、諸侯、大夫《たいふ》、士があり、庶民を支配していた。

周は渭水《いすい》の流域に発達した国家であったが異民族が侵入したため、東方の洛邑《らくゆう》に移った。

西紀前七七一年、西戎《せいじゆう》、犬戎《けんじゆう》と呼ばれていた匈奴《きょうど》の勢力が侵入して、周の幽王《ゆうおう》を討滅《とうめつ》したためである。

幽王は治政《ちせい》の能力に欠ける人物であった。彼は寵姫《ちようき》の褒姒《ほうじ》が笑顔を見せたことがないので、彼女を笑わせてみたいと思っていた。

ところがあるとき烽火《のろし》番がまちがえて烽火をあげ、各地から諸侯が兵を率《ひき》い駆けつけてきた。彼らは何事もなかったので拍子抜けがして憤慨《ふんがい》する。

この様子を見ていた褒姒が、声をあげて笑った。

幽王はこののち、褒姒を笑わせるため烽火を幾度もあげ、兵を集めたので、諸侯の信を失った。

そのうち幽王を倒そうと狙《ねら》っていた、犬戎《けんじゅう》の申侯《しん》が、遊牧の蛮族《ばんぞく》を誘い兵を挙げた。幽王は烽火をあげたが、諸侯は集まらず、幽王は驪山《りざん》の麓《ふもと》で殺された。

このとき王室を扶《たす》けたのが渭水に沿う関中平原《かんちゅうへいげん》西方の辺地《へんち》を領土とする、秦の襄公《じょうこう》であった。

秦の始祖である非子《ひし》は、西紀前九世紀頃、周の孝《こう》王のために、秦嶺《しんれい》山脈西方の山岳地帯で馬を飼い、その功《こう》によって小国を与えられた。

非子から六代目の孫である襄公は、兵を出して幽王の子平王《へいおう》を護衛し、東方の洛陽《らくよう》へ移した。

襄公はこの功績により、諸侯に列せられ、関中平原のなかばを与えられた。

周の王権が没落したあと、有力諸侯が実力に任せ、周辺の小国を奪い、服属させる行動をはじめた。「春秋《しゅんじゅう》」と呼ばれるこの時代は、西紀前七二二年から前四八一年まで続いた。

斉の桓公《かんこう》は三十五国を併呑《へいどん》し、楚の荘王は二十六国を滅亡させた。

このような淘汰《とうた》の時代、あい争って生き残った諸侯と、主人を倒して成りあがった貴族の領有する、戦国の七雄《しちゆう》といわれる斉《せい》、燕《えん》、韓《かん》、魏《ぎ》、趙《ちょう》、楚《そ》、秦《しん》が残った。彼らが争う時代が、「戦国」である。

秦は西紀前三六一年に王位に就《つ》いた孝公の治世のあいだに、商鞅《しょうおう》という英才を宰相《さいしょう》に用い、国威《こくい》がおおいにふるった。

孝公の時代からさらに百数十年を経たいま、秦の戦力は、他の六国を容易に粉砕しうるまでに肥大していた。

野心に満ちた政は、李斯の進言をうけいれた。生母への信頼を失い、血を分けた実父であったかも知れない呂不韋《りょふい》を死に至らし、二人の幼弟《ようてい》をも抹殺《まっさつ》した政は、乾ききった心にうるおいをもたらすため、ひたすら戦いと破壊を望んでいた。

政は李斯を長史《ちょうし》（幕僚長《ばくりょうちょう》）に任じ、諸国への外交を命じた。

李斯は諸国へ策士《さくし》をつかわし、金《きん》、玉《ぎょく》などの賄賂《わいろ》を運ばせ、秦への協力を呼びかけさせた。諸国の名士で買収しうる者には財宝を与え、金品に心を動かさない者は暗殺させる。

政はめざす国へ入りこんだ策士たちが、君臣のつながりを断ちきるのに成功すると、ただちに精鋭をよりすぐって攻撃を開始する。

秦王は李斯を客卿《かくけい》に登用した。客卿とは、他国出身の大臣をいう。李斯は才能を発揮《はっき》し秦王政のもとで権勢はおおいにふるったが、思いがけない逆運に遭遇した。

この頃、嫪毐《ろうあい》の謀叛《むほん》がおこった。また韓の鄭国《ていこく》という技術者が秦にきて、西紀前二三七年に、鄭国渠《きょ》というダムを開削《かいさく》した。ダムは現在の調査によれば、幅一二〇メートル、全長二三〇〇メートル、貯水量一五〇〇立方メートルであったと推定されている。

ダムから東方へ、全長一五〇キロに及ぶ用水路が敷設《ふせつ》され、約二三万ヘクタールの荒地を畑として、富国強兵の実効《じっこう》をあげた。

この工事を進めるあいだに、鄭国が韓の間者《かんじゃ》であることが分った。鄭国は、秦王政に大土木工事をおこなわせ、国力を消耗させようという、韓王安《あん》の密命をうけていた。

鄭国は捕えられると、陰謀《いんぼう》を認めた。

「私は韓の間者であります。しかし渠《きょ》を建設すれば、王はかならず大利を得られることになります」

政は鄭国の意見をうけいれ、渠の工事を続行させ、豊かな成果を得た。

しかしこの二つの事件がつづいておこったので、秦王族の重臣たちは、政に諫言《かんげん》した。

「他国から秦に到来して王に仕える者は、おおかたが旧主のために秦の国内を攪乱《かくらん》する目的を、胸に秘めていると見て、まちがいありません。この際、官職に就いている他国の者はすべて追放すべきでしょう」

政《せい》は逐客令《ちくかくれい》を発布した。実父であるかも知れない呂不韋《りょふい》もまた、他国者であった。

政は鄭国のような間者をも、才を認めれば重用する明晰《めいせき》な判断力をそなえていたが、他国者に気を許していない。

李斯は逐客令によって、国外へ追放されることになった。

彼は政に書を奉呈《ほうてい》して述べた。

「このたび承《うけたまわ》るところでは、廟堂《びょうどう》では他国者を追放する決議をなされたということですが、おそれながらそれは誤っていると存じます。

昔穆公《ぼくこう》は国の内外を問わず、人材を集められました。西方では西戎《せいじゅう》から由余《ゆうよ》を取りあげられました。東方では宛《えん》から百里奚《はくりけい》を召され、宗《そう》からは蹇叔《けんしゅく》、晋《しん》から丕豹《ひほう》、公孫子《こうそんし》を召されました。

この五人は他国者ですが、穆公は彼らを重用して、二十の国を併呑《へいどん》し、西戎の王たちの覇者《はしゃ》となられました」

政は、たしかに李斯のいう通りであると思った。李斯はさらに述べる。

「孝公は商鞅《しょうおう》の法治の策を用いられ、風俗を改められたので、国運は、いよいよ隆昌《りゅうしょう》となり、楚《そ》、魏《ぎ》と戦って撃ちやぶり、領地を千里の外に得られました。この盛運《せいうん》がいまもなお続き、御国は繁栄しております。

また恵王《けいおう》は張儀《ちょうぎ》の献策《けんさく》をいれられ、秦の版図《はんと》を四方に拡張し、多数の異民族を帰服させ、六国の合従策《がっしょう》を打ちくだきました。

昭王《しょうおう》は名臣范雎《はんしょ》を得て王権を伸長し、秦の帝業をなし遂げました。この四代の王のご功績は、すべて他国からやってきた人材によってうちたてられたものであります。

もし四代の王にして、他国者を退けておられたならば、いまの強大な秦はなかったのです」

政は先祖の功業《こうぎょう》をふりかえり、秦の繁栄をもたらしたのは、ひろく諸国から呼び集めた人材の活躍によるものであったと、あらためて思いなおす。

李斯の説くところは、政をひきこまずにはおかない力をそなえていた。彼はいう。

「陛下《へいか》は昆山《こんざん》の美玉《びぎょく》、随《ずい》、和《か》の宝玉を手に入れられ、明月の珠《たま》を身につけられておられます。また太阿《たいあ》の名剣《めいけん》をたばさみ、名馬繊離《せんり》を乗馬とされ翠《かわせみ》の羽でこしらえた鳳《ほう》の飾りをつけた、有名な翠鳳《すいほう》の旗《はた》を立て、鰐皮《わにがわ》でこしらえた霊鼉《れいだ》の太鼓《たいこ》を据《す》え、ご出陣なさいます。

これらの宝物は、すべて他国に産するものばかりで、秦国で産出したものはなにひとつありません。それが王の愛蔵されるところであるのは、なにゆえでしょうか。

なんとしても秦国に産した物でなければならないというのであれば、夜光《やこう》の玉《ぎょく》は宮廷を飾らず、犀角《さいかく》、象牙《ぞうげ》でこしらえた器物は珍重されることなく、鄭《てい》、衛《えい》の国からきた美女が後宮《こうきゅう》に満ちることがありません。

駿馬《しゅんめ》の名馬は厩《うまや》に溢《あふ》れず、江南《こうなん》の金、錫《すず》は用いられず、蜀《しょく》の顔料は宮殿を彩《いろど》ることがないでしょう。

真珠のかんざし、耳輪、斉《せい》で産出する練絹《れんけん》の上衣《うわぎ》、錦の織帯《しょくたい》が、御殿でお目にとまることもありません。お側《そば》に侍《はべ》る趙《ちょう》の美女たちもまた、いないのです。

秦国の音楽とは、どういうものでしょうか。瓶《へい》や壺《こ》を打ちたたき、琴《こと》を弾じ腿《もも》を打って唄うのが、耳を楽しませる唯一の芸であります。

鄭《てい》、衛《えい》の桑間《そうかん》の曲、昭《しょう》、虞《ぐ》、武《ぶ》、象《しょう》の曲は、いずれも美しい旋律を好まれ、国内で楽しまれているのは、なにゆえでございましょう。なぜ瓶や壺を叩かないのでしょうか。秦の人の心に通じ、耳目《じもく》を楽しませるためでございます。

このたびの逐客令《ちくかくれい》では、人の能力、才覚を認めることなく、事の是非《ぜひ》を判断するまでもなく、秦の者でなければすべて追放なさいます。そうすることはすなわち、秦が珍重するのは美女、音楽、珍宝ばかりで、人材を軽視することになります。

そのようなことでは海内《かいだい》を制し、諸侯を帰服させるのは無理でしょう。

私はかねて、つぎのように聞き及んでおります。

土地が広大であれば、収穫は多く、国が大きいと人民が多く、兵が強ければ、指揮官は勇猛《ゆうもう》となります。太山《たいざん》はちいさな土塊《つちくれ》もよそへやらないので、天にとどくほどの大きさになった。黄河や海は、細い流れもすべてうけいれたので、底知れない深さとなった。

天下の王となる者は、四方の民を分けへだてせずうけいれたので、その徳をひらいた。

地に四方のへだてなく、民に国のへだてなく、平安を願うのが王の道である。

秦は、この道理に反しています。百姓たちを放逐《ほうちく》して敵に加勢させ、他国の客を追いやって諸侯に仕えさせるのですか。天下の人傑《じんけつ》に、秦をおとずれる気を失わせ、足を縛《ばく》して国境の内に入れまいとしています。

これこそ、強盗に刀を貸し、盗賊に食糧を与えることであります。

このような政策をおこないつつ、自国に災難がふりかからぬよう望むのは、理に反するものです」

政は李斯の書を読み、逐客令を取り消し、彼の官位を回復させることにした。李斯は秦を去るため国境へ向っていたが、政の使者に呼び戻された。

政は法による統制によって、秦を重農《じゅうのう》、重戦《じゅうせん》の軌道に乗せ、強大な帝国をつくりあげる野望を抱《いだ》いていた。秦に対立する六国を征服し、全中国の支配者となるのである。

重農《じゅうのう》は農業規模の拡張で、重戦《じゅうせん》は軍備増強である。政は、国家の発展には敏腕《びんわん》な「法家」と呼ばれる政治技術者が必要であることを知っていた。「法」には標準、あるいは度量衡《どりょうこう》の意味がある。

法によって全国民を重農、重戦に協力させるために、法を駆使して秦を大発展させた商鞅《しょうおう》のような協力者を、政は求めていた。

商鞅は李斯よりおよそ百年前に、秦の宰相《さいしょう》として孝公《こうこう》に仕え、活躍した人物である。西紀前三六一年、孝公が秦王になったとき、東方には山東半島を領地とする斉《せい》、楊子江《ようすこう》流域をおさえる楚《そ》、北京《ペキン》附近にある燕《えん》、晋《しん》が分裂して出現した韓《かん》、趙《ちょう》、魏《ぎ》の六つの大国が存在した。秦は中原諸国とは文化を異にする、西方の辺境にあって、国力はふるわなかった。

孝公は秦王になると、国中に布告を発した。

「昔、先君穆公《ぼくこう》は岐山《きざん》と雍水《ようすい》の間に身をおこし、東方の晋の乱を平定、黄河を国境とした。また西方の戎翟《じゅうてき》を征伐《せいばつ》し、地をひろげること千里に及んだ。その後、国内に内憂《ないゆう》がおこり、韓、趙、魏は秦の河西《かせい》の地を侵略し、わが国威はおとしめられた。

先代の献公《けんこう》は、東方の魏を征伐して、穆公の旧地を奪還《だっかん》するのを念願とされた。先君の悲願は、かならず達成しなければならない。

賓客《ひんきゃく》、群臣《ぐんしん》のなかに、秦の国威を高揚《こうよう》する計策を持つ者があれば、高位に昇らせ、領地を分け与えよう」

商鞅は東方の衛《えい》という国の分家の子で、もと公孫鞅《こうそんおう》と名乗っていた。彼は若い頃、刑名《けいめい》の学問を好み、魏の宰相《さいしょう》の公叔痤《こうしゅくざ》に仕え、中庶子《ちゅうしょし》（家令）をつとめていた。

刑名の学とは、形にあらわすおこないと、口にする意見が一致しているか否か、また実際の地位と現実の処遇《しょぐう》がくいちがっていないかを検討して、刑（形）名一致を賞罰《しょうばつ》の規準とする法家の説である。

公叔痤は商鞅の器量を高く評価していたが、彼を官職に推《お》すまえに病気になった。

魏の恵王《けいおう》が見舞いにきて、たずねた。

「あなたがもしみまかったときには、わが国の政事《まつりごと》を誰に任せればよかろう」

公叔痤は答えた。

「私の中庶子をつとめる、公孫鞅という者がいます。年は若いが縦横《じゅうおう》の奇才をそなえております。なにとぞあの者に国政をお任せ下さいませ」

恵王は沈黙したまま、返事をしない。

公孫鞅のような若者はとるに足らない。公叔痤も老いぼれたと思ったためである。恵王の表情をうかがっていた公叔痤《こうしゅくざ》は、人払いをしてささやいた。

「王がもし公孫鞅《こうそんおう》を用いられないときは、何としても彼を殺し、国外へ出してはなりませぬ」

「分ったぞ。そうしよう」

恵王は聞き流して座を立った。

公叔痤は、恵王が立ち去ったあと、公孫鞅を呼んで告げた。

「さきほど、王は今後誰を宰相にすべきかをお尋《たず》ねになったので、お前を推薦したが、どうやら値打ちがお分りにならないらしい。儂《わし》は臣下の立場として王に進言した。もし公孫鞅を用いないときは殺すべきだとな。王はうなずいていた。お前はいますぐに魏の国外へ逃れよ。さもなくば殺されるぞ」

公孫鞅は笑っていった。

「恵王は、おっしゃる通り私を軽く見ておられ、宰相に登用される気遣いはありません。従って私を殺すつもりもないでしょう」

彼は魏を立ち退《の》かなかった。

恵王は公孫鞅が推測した通り、彼を殺すつもりなどなかった。

彼は側近《そっきん》の者に内心を洩《も》らしていた。

「公叔の病《やま》いはよほど重いのだろう。哀れなことよ。国政を公孫鞅に任せよなどとは、正気でいえたことではない」

公叔痤の没後、公孫鞅は秦の孝公の布令を知って、心を動かされた。

――俺の才能を用いる舞台は、秦かも知れない――

彼は魏国を出て西へむかい、秦に入った。西紀前三五一年のことであったといわれるので、秦の都は雍城《ようじょう》である。孝公は翌年に咸陽《かんよう》へ都を遷《うつ》した。

（公孫鞅は秦にくると衛鞅《えいおう》と称し、のちに商鞅《しょうおう》と名乗るようになるが、まぎらわしいので商鞅と呼ぶことにする）

商鞅は宦官景監《かんがんけいかん》の紹介で、孝公に謁見《えっけん》を許された。商鞅はかなり長時間、議論を開陳《かいちん》したが、孝公はまったく関心を示さず、ときどき居眠りをしただけであった。

御前《ごぜん》を退出したのち、孝公は不機嫌な顔つきで景監にいった。

「そのほうの連れてきた論客《ろんきゃく》は、何の取柄《とりえ》もない奴だ」

景監は面目《めんぼく》を失い、商鞅を責めた。

「せっかく俺が機会をつくってやったのに、なんという不始末だ」

商鞅は平然としていった。

「私は王に皇帝の道について説いたのだが、関心がなかったようだ」

だが、孝公は商鞅の非凡の資質を見抜いていた。

五日後、孝公は景監に命じた。

「商鞅にもう一度会おう。連れてこい」

孝公は前のときのように居眠りをしてみせることはなかったが、心をひらかなかった。

商鞅が退出したのち、景監はふたたび孝公に苦情をいわれた。

商鞅は景監にいった。

「今日は王道について論じたが、あまりご興味がないようだ。もう一度謁見《えっけん》させてもらいたい」

商鞅は孝公に三度めの謁見をした。

こんどは孝公は商鞅の意見を褒《ほ》めたが、そのまま退出させた。孝公は景監にいった。

「そのほうの客は、なかなか見所があるぞ」

商鞅は、景監から孝公の様子を聞くと、うなずいた。

「王は私をお用《もち》いになるおつもりのようだ。今日は王に覇道《はどう》についての講釈《こうしゃく》をした。もう一度お目にかかればどうなるか、私には分っている」

商鞅はまもなく孝公に呼び出された。

孝公は話を交《かわ》すうちに、席から膝《ひざ》を乗りだし、数日語りつづけた。

席とは座布団のようなもので、主客の席は一丈《いちじょう》あけることになっていた。孝公は商鞅の会話に熱中し、身を乗りだしたのである。

景監が商鞅にたずねた。

「おぬしはどんな手をつかって王に気に入られたのか。たいへんなご機嫌だぞ」

商鞅は答えた。

「私は王に五帝三王の事蹟《じせき》を三度申しあげたが、王はそんな遠い先の話を待ってはおられぬと仰《おお》せられた。たしかに賢明な王は、生涯のあいだに天下に名をなしているものだ。何十年も待って帝王になるのは気の長い話にちがいない。だから私が強国の術について申しあげると、たいへんよろこばれた。しかし、殷《いん》、周《しゅう》の王君と徳をならべるのは無理だろうな」

商鞅は孝公のもとで政事に参与することになった。

他国者

商鞅《しょうおう》は孝公《こうこう》に任用されると、さっそく国法を変えるよう進言をするため、あらかじめ意見を言上《ごんじょう》した。突然新法令をうちだそうとすれば、諸臣の反発を招く。

彼はおもむろに説明した。

「たしかな見通しのないままにはじめた事業は、功名《こうみょう》も成功ももたらしません。余人《よじん》にぬきんでた高い智能《ちのう》をそなえるものを、俗人はうけいれようとしません。愚者《ぐしゃ》は物事の結果があらわれていても、そこに立ち至った理由が理解できません。智者《ちしゃ》は、物事がまだ兆《きざ》しさえ見えていないうちに、その本質を見抜くものです。

民衆はそのようなすぐれた見識をそなえている者に敵意を抱き、侮蔑《ぶべつ》します。

すなわち、民衆は物事をはじめるにあたり、ともに協議すべきものではなく、事を成《な》し遂《と》げてのちに成果をともに楽しむべきものです。至徳《しとく》を論じ、大功《たいこう》を成しとげる者は、大衆に相談をもちかけません。聖人《せいじん》といわれるほどの智者は、国力を増す方法を旧習にとらわれることなく採用し、民に利を与える手段があれば、従来の礼制にとらわれず、改革をいたします」

孝公は、商鞅の意見をいれたが、二人の旧弊な考えを持つ宰相《さいしょう》が反対した。

甘龍《かんりゅう》という宰相が、まず意見を述べた。

「商鞅の考えは、まちがっています。聖人は民の習俗を変えることなく教化《きょうか》し、智者は法を変えず治政をなしとげます。従来の習俗のままに教化すれば、手間をかけることなく成功し、従来の法制は官吏《かんり》の習熟するところであるため、それをおこなうのに何の摩擦《まさつ》もおこりません」

商鞅は反論した。

「甘龍殿は俗説を述べられた。民は従来の習俗に安《やす》んじ、学者が自らの学識のうちに安居《あんご》するのは、法を守る社会においては望ましいことです。しかし、その社会では、現行の法を超《こ》えた問題を論じることはないでしょう。三代（夏《か》、殷《いん》、周《しゅう》）はそれぞれの礼がことなりましたが、すべて王者となり、五伯《ごはく》（斉《せい》の桓公《かんこう》、宋《そう》の襄公《じょうこう》、晋《しん》の文公《ぶんこう》、秦《しん》の穆公《ぼくこう》、楚《そ》の荘《そう》王《おう》）は法を異にしながら、それぞれ覇者《はしゃ》となりました。智《ち》者《しゃ》は法をつくり、愚者《ぐしゃ》は法に制せられるのみです。賢者《けんじゃ》は礼をあらため、愚者は礼に束縛《そくばく》されます」

杜摯《とし》という宰相《さいしょう》がいった。

「利益が百倍になるとの見通しがなければ、法を変えるべきではありません。功用が十倍でなければ、器を変えないものとなっています。古法に則しておれば過誤《かご》はなく、従前の礼法に従って禍《か》はおこりません」

商鞅は、二人のふるい考えの宰相にむかい、熱弁をふるった。

「治世の道は、ひとつとはかぎりません。国家のためになれば、古法を守らずともよいのです。殷《いん》の湯王《とうおう》、周《しゅう》の武王《ぶおう》は古法に従うことなく、王者となりました。夏《か》の桀王《けつおう》、殷《いん》の紂《ちゅう》王《おう》は、礼を変えないままに亡《ほろ》びました。古法に反するものを非《ひ》とし、礼に従うものを是《ぜ》とすることは、何の実質もない考えです」

孝公《こうこう》は商鞅の意見に賛成し、彼を左庶長《さしょちょう》という重職に任じ、変法《へんぽう》の法令を制定することにした。

商鞅はつぎの内容の変法案を立てた。

一、什伍連座《じゅうごれんざ》の制

十戸一組、あるいは五戸一組として、人民にたがいに監視させ、罪を告発させる。組の一人が罪を犯せば全員が処罰《しょばつ》される。犯罪を告発せず、見逃《みのが》した者は腰斬《ようざん》の刑に処《しょ》する。

犯罪を告発した者には、敵の首級《しゅきゅう》を得たにひとしい褒賞《ほうしょう》を与え、見逃した者は、敵に降伏《こうふく》したと同様の罰を与える。

二、分異令《ぶんいれい》

二人以上の男子を持つ人民が、分家させないときは、賦税《ふぜい》を倍加する。

三、軍功褒賞制《ぐんこうほうしょうせい》

軍功をたてた者は、功の大小により上位の爵禄《しゃくろく》を与える。私闘《しとう》をする者は、その軽重により刑に処する。

四、耕織奨励《こうしょくしょうれい》

人民はすべて農耕、紡績《ぼうせき》にはげまねばならない。米粟《べいぞく》、布帛《ふはく》を多く上納すれば、夫役《ぶやく》を免除する。末利《まつり》（商業）などに励《はげ》み、もっぱら利を追い、怠惰《たいだ》で貧困《ひんこん》な者は、事情を取り調べたうえで妻子とともに身柄《みがら》を没収し、官の奴婢《ぬひ》とする。

このほか、公室の一族といえども軍功をあげない者は、族譜《ぞくふ》を除く。家格《かかく》の尊卑《そんぴ》、爵位《しゃくい》、俸禄《ほうろく》の等級、順序を正す。私有地の広狭《こうきょう》、臣妾《しんしょう》の数、衣服の種類は家格によって等級を定める。功労のある者のみが、贅沢《ぜいたく》な生活を許されるなど、人民の生活についての詳細《しょうさい》な規制《せい》が列挙された。

商鞅《しょうおう》は法令を施行するまえに、人民の信用を得るためのデモンストレーションをおこなった。

長さ三丈《じょう》（六・七五メートル）の木を国都《こくと》の市場南門の前に立て、それを北門前に移し置いた者に十金を与えると布告を出した。

市民たちは、それだけの仕事をして大金を与えられるはずがないと信用せず、誰も木を動かさない。

商鞅はさらに、木を移した者には五十金を与えると、布告を書き変えた。市民の一人が半信半疑で木を北門へ移すと、商鞅はただちに五十金を与え、布告が信頼すべきものであることを明らかにした。

新法令が発布されて、一年が過ぎた。人民は新法の不便を訴《うった》えるために、続々と国都に出向いてくる。このような情勢のなかで、太子が法を犯《おか》した。

商鞅はただちに法令にもとづき、太子を罰《ばっ》しようとした。

「法が実行されないのは、上流の人々がそれを無視して犯すからである」

だが太子は孝公の継嗣《けいし》で、罰することはできない。商鞅はためらうことなく、傅役《もりやく》の公《こう》子《し》虔《けん》を、足斬《あしぎり》の刑に処し、師の公孫賈《こうそんか》を黥《いれずみ》の刑に処した。

それまで新法を軽《かろ》んじていた公室の一族は戦慄《せんりつ》した。翌日から、新法に背《そむ》く者がいなくなった。

新法が施行され、十年がたった。国内に犯罪は跡《あと》を絶《た》ち、人民はおおいによろこぶ。

「道に落し物があっても、拾って懐《ふところ》に納める者がいない。山中の盗賊《とうぞく》は消えうせ、どの家庭も勤勉のおかげで暮らしむきが順調になった。人民は国家のためには勇敢にはたらくが、私闘をつつしむので郷邑《きょうゆう》は平和になった」

いなかから国都に出てきて、新法の利便を讃《たた》える者がふえてきた。

商鞅は法を讃える者をことごとく捕《とら》え、辺境《へんきょう》へ流した。彼はいう。

「法について私見《しけん》をあげつらう者はすべて、教化《きょうか》を乱す民である」

国じゅうで、法令について議論をする者がいなくなった。商鞅は自ら兵を率い、魏《ぎ》の国都《こくと》安邑《あんゆう》（山西省《さんせいしょう》）を攻略《こうりゃく》した。

孝公は商鞅を、大良造《だいりょうぞう》という顕職《けんしょく》に昇進させた。

当時、秦の兵力は百万に達していた。戦車千台、騎兵《きへい》一万、歩兵は九十万を超えている。

商鞅は安車《あんしゃ》と呼ばれる指揮官の乗る車輿《しゃよ》で出陣した。

秦軍の将兵《しょうへい》は獰猛《どうもう》に戦った。卑怯《ひきょう》のふるまいをすれば、わが身は処断され、肉親は族滅《ぞくめつ》される。彼らは弩《ど》の射撃《しゃげき》に習熟し、鏃《ぞく》に猛毒を塗った「薬箭《やくせん》」を使う。

平地では戦車が先頭に出て戦い、山地に入れば騎兵《きへい》が先手《せんて》をつとめる。渓谷《けいこく》にのぞむところでは弩の狙撃兵《そげきへい》を前に出し、射撃戦をおこなう。

弩の射程《しゃてい》は百二十歩から二百歩である。近接戦になると、矛《ほこ》、戟《げき》を使う。秦兵は、矛を長短自在《ちょうたんじざい》に扱《あつか》い、敵を突き伏せる。

戟《か》は矛と戈を組みあわせた武器で、敵を突き、斬《き》り倒せる。銅殳《どうしゅ》という、白兵戦《はくへいせん》におそるべき威力をあらわす武器もあった。

長さは三メートル余、先端は三稜《りょう》の矛で、その基部に円錐形《えんすいけい》の刺《とげ》が三十ほどついている。さらに一尺ほど下に、八十本ほどの刺を植えた銅の箍《たが》がはめられていた。

歩兵たちが持つ青銅製の長剣は、およそ五〇センチであった。一寸《すん》長ければ一寸強しといわれる長剣の刀身は、鉄製にくらべ短いが、毛髪を音もなく断つほどの鋭利《えいり》な切れ味をそなえていた。

孝公《こうこう》は国都を咸陽《かんよう》に移してのち、土木普請《ふしん》をおこない、壮大な宮殿を築《きず》いた。国内の郷邑《きょうゆう》、村落を統合して三十一の県に分ち、県令《けんれい》、丞《じょう》(副知事)を置いた。

商鞅《しょうおう》は西紀前三五〇年孝公にすすめ、あらたに法令を発布《はっぷ》させた。

まず、人民の父子、兄弟が同じ家屋《かおく》に住むことを禁《きん》じた。中国では、秦の国民が父子ともに同室で寝起きすることを、戎翟《じゅうてき》の風習であると蔑視《べっし》していた。秦王の祖先は戎翟であると見ていたのである。

戎翟とは、野蛮《やばん》な異種族のことである。父子兄弟がおなじ屋根の下で暮らすのは、父が死ねば、息子が母をわが妻とし、兄弟が死ねば、その妻をことごとく奪《うば》って妻とするという風習に、もとづくものであったためである。

戎翟のこのような習俗は、主人を失った家族が生き残るための、やむをえない手段であったが、商鞅はその蛮風《ばんぷう》を排した。

つぎに、これまで田地のあいだにひらかれていた道路、境界標《きょうかいひょう》を取りのぞき、区画整理をおこなう。

さらに不平等のきらいがあった年貢の課税《かぜい》を平等にして、斗桶《ます》、権衡《はかり》、丈尺《ものさし》を統一し、度量衡《どりょうこう》を国内共通のものにした。

この法令を発した四年後、さきに太子の犯した罪の責任を負い、足斬の刑に処された公子虔《けん》が、また法を犯したので、商鞅は劓《はなきり》の刑を科した。

翌年、秦は戦国七雄《しちゆう》のなかで、強大な勢力をたくわえ、周の天子《しゅうのてんし》から胙《ひもろぎ》を賜《たま》わった。胙とは、天子から高位の人に与えられる、宗廟《そうびょう》の祭のいけにえの肉である。それを受けるのは、最高の栄誉《えいよ》とされた。

西紀前三四二年、斉の孫臏《そんぴん》（孫子）の率いる軍勢が、馬陵《ばりょう》（河北省）で魏《ぎ》軍と戦い、大勝して魏の太子申《しん》を捕えた。

その翌年、商鞅《しょうおう》が孝公に魏の攻略をすすめた。

「秦と魏の間柄は、人に内臓の疾患《しっかん》があるようなものです。双方ともに食うか食われるかの立場です。なぜならば、魏は険《けわ》しい山嶺《さんれい》の西にあり、安邑《あんゆう》を都とし、秦とは黄河《こうが》を境として、利があると見ると、兵を西へ動かし、攻めてきます。戦いに利あらずと見れば、東方を経営いたします。当国は、わが君が賢聖《げんじょう》なるによって、国力は隆盛でありますが、魏は去年斉《せい》に大敗し、諸侯にも見限られております。いまは魏を征伐《せいばつ》する好機《こうき》です。魏がわが軍勢《ぐんぜい》に敗北すれば、かならず都を東方へ移します。そうなれば、秦は黄河を越えて東方の諸侯を制圧《せいあつ》できます。これこそ帝王の事業でしょう」

孝公は商鞅に兵を預け、魏を攻めさせた。魏の公子《こうし》卬《こう》将軍が、迎え撃った。

商鞅は公子卬に書状を送った。

「私は魏にいる頃、公子と親密でありました。いまともに軍勢を率い対峙《たいじ》していますが、攻めあうに忍びません。公子さまとお会いして盟約《めいやく》をむすび、酒杯《しゅはい》をあげ兵を引きあげ、両国の安泰《あんたい》を実現したいものです」

公子卬《こう》は商鞅の言葉を信じ、会見して盟約を交《かわ》した。

卬が気を許して、商鞅と和睦《わぼく》を誓う酒杯をあげている席へ、甲冑《かっちゅう》をつけた秦兵の群れが襲いかかった。

卬を捕虜にした商鞅は、全軍に命じ魏に総攻撃をしかけさせ、大勝して兵を納めた。

魏の恵王《けいおう》は、戦力を消耗して前途《ぜんと》を危《あや》ぶみ、使者をつかわし黄河から西の魏の領地を秦に割譲《かつじょう》し、和睦した。

恵王は安邑《あんゆう》を去って大梁《たいりょう》（河南省《かなんしょう》）に都を移すとき、嘆息《たんそく》とともに内心を洩《も》らした。

「昔、公叔痤《こうしゅくざ》の言葉を用いなかったのは、返す返すも残念である」

商鞅は、於《お》と商《しょう》という土地をはじめ、十五カ所の領地を与えられ、商君《しょうくん》と呼ばれるようになった。

彼は重戦《じゅうせん》、重農《じゅうのう》の方針をつらぬき、孝公《こうこう》の信任を得たが、秦の一門外戚《いちもんがいせき》に怨恨《えんこん》を抱かれていた。

その頃、韓《かん》の張良《ちょうりょう》が咸陽《かんよう》にきて、商鞅と会った。商鞅が今後の交わりを求めると、張良はいった。

「私はそれを望みません。賢人を主君とする者は栄え、愚《おろ》か者を集めて王となる者は衰退すると、孔子《こうし》がいっております。私は愚か者ですから、あなたに従いません。その位にあらずして居るは、位をむさぼるといい、その名にあらずして名誉を受けるのは、名をむさぼるといいます。あなたの仰《おお》せの通り、交際をさせていただけば、私は位と名をむさぼることになるでしょう」

商鞅は、自分を見限っている張良の真意《しんい》を察した。

——この男は、儂《わし》の前途《ぜんと》が危《あや》ういと見ているにちがいない。たしかにそうかも知れない。孝公が世を去れば、儂の後楯《うしろだて》はなくなるのだ——

商鞅は胸をつかれる思いで、張良にたずねた。

「貴公は、儂の治政のやりかたに欠陥があると思っておられるのか」

張良は答えた。

「心にうけいれられない言葉に耳をかたむけるのが聡《そう》、わが内心の正邪《せいじゃ》を判断するのが明《めい》、自らの欲に勝つのが強《きょう》であります。虞舜《ぐしゅん》は、自《みずか》ら卑下《ひげ》することは尊いと申しました。あなたは私の考えなどを問われることなく、虞舜の道をお歩き下さい」

商鞅は、わが業績《ぎょうせき》を強調した。

「以前、秦《しん》は戎翟《じゅうてき》の風習をうけつぎ、父子の別なく同じ家に住んでいた。私はそれをあらため、男女の別を定めた。宮殿《きゅうでん》は魯《ろ》や衛《えい》の文化をうけいれて建てた。私と、昔の賢者《けんじゃ》、百《はく》里奚《りけい》とくらべてみてくれ。どちらがまさっていると思うか」

焦《あせ》りをあらわす商鞅に、張良はさめた眼差《まなざ》しをむけた。

「千匹の羊の皮は、一匹の狐《きつね》の腋《わき》の下の皮に及ばないということがあります。千人の追従《ついしょう》者よりも、直言《ちょくげん》してくれる一人のほうが大切でしょう。周《しゅう》の武王《ぶおう》は、家来の諤々《がくがく》たる直言を聞いたために栄え、殷《いん》の紂王《ちゅうおう》はわがおこないについて、家来に口出しさせなかったために、滅亡しました。あなたが武王の言葉に同意されるなら、私は正しいと思うところを一日かけても申しあげましょう」

商鞅は応じた。

「うわべを飾《かざ》った言葉は草木の花、至言《しげん》は草木の実、苦言《くげん》は薬、甘言《かんげん》は毒と古諺《こげん》にいっている。あなたが本心で一日をかけ、私を批判してくれるなら、このうえもない薬だ。師の言葉として聞こう」

商鞅の心中には、不安が渦巻《うずま》いていた。

いままで孝公《こうこう》のために、厳しい法令を施行してきたが、罪に問われた人々の怨《うら》みの刃先《はさき》が、自分にむけられる日は遠くない。

彼は張良《ちょうりょう》の忌憚《きたん》ない意見を、聞きたかった。

張良はいった。

「百里奚《はくりけい》は、楚《そ》の国のいなか者でした。彼は秦《しん》の穆公《ぼくこう》が賢人であるとの噂を聞き、なんとしてもお目にかかりたいと考えました。旅費がないので、秦からやってきた旅人にわが身を売り、奴隷《どれい》となりました。秦に着くと、彼は褐《あらぬの》を着て、牛飼いをしていました。一年たって穆公《ぼくこう》が百里奚《はくりけい》の噂を聞き、牛飼いの彼を都へ招き、百官の上に置きましたが、それを怨《うら》む者はいませんでした。

秦の宰相《さいしょう》として六、七年を過ごすうち、東方の鄭《てい》を征伐《せいばつ》し、晋《しん》の恵公《けいこう》、懐公《かいこう》、文公《ぶんこう》を位につけ、楚《そ》の侵略から守ってやりました。国内をよく治め、巴《は》（四川省《しせんしょう》）の部族たちも来《らい》貢《こう》し、徳《とく》を諸侯に施《ほどこ》したので、戎翟《じゅうてき》もなつきました。西戎《せいじゅう》の賢人由余《ゆうよ》も、百里奚《はくりけい》の徳を慕《した》い、やってきました。百里奚が秦の宰相《さいしょう》であった頃、疲労《ひろう》しても車上に立ったままで、夏のさかりにも車蓋《しゃがい》をかけません。国内を巡視《じゅんし》するとき、武装《ぶそう》した護衛《ごえい》兵を連れていなかったのです。その功業は宮中の府庫《ふこ》に納められ、徳望《とくぼう》は後世に伝わりました。百里奚が死んだとき、人民はすべて涙を流し、子供は唄うのをやめ、臼《うす》をつく者も掛け声をつつしみました」

商鞅は、張良の指摘が、身内に鏃《ぞく》のようにくいいるので、苦痛に顔をゆがめた。自分には百里奚の徳望《とくぼう》はない。傲慢《ごうまん》な術策《じゅつさく》を弄《ろう》した小人であったという悔恨《かいこん》が、湧《わ》きおこってくる。彼は黙然《もくねん》と張良の言葉に聞きいった。

張良は商鞅の不徳をさらに指摘する。

「あなたが最初、孝公に謁《えつ》するため、寵愛されている宦官《かんがん》の景監《けいかん》を頼られたが、これは恥ずべきことです。秦の宰相となってのち、百姓《ひゃくせい》のしあわせをはかることなく、大宮殿を建てられたのは、功業とはいえません。

太子の傅役《もりやく》と師に刑罰《けいばつ》を加えたのをはじめ、人民を殺傷《さっしょう》する厳酷《げんこく》な罰《ばつ》をおこないました。それはすべて怨恨《えんこん》をつみかさね、ご自分の禍《か》をたくわえられたことになります。あなたの仕打ちが民衆にうけとめられる影響力は、王命《おうめい》よりも深くゆきわたっています。

彼らがあなたの所業を見習う速さは、王命をうけとる速さの比ではありません。

あなたは商《しょう》、於《お》の地に封《ほう》ぜられてのち、自分を寡人《かじん》などと称し、王侯を気取って毎日秦の公子たちの罪を探《さが》しておられます」

張良の舌鋒《ぜっぽう》はしだいに熱気を帯《お》び、眼光がするどさを増してきた。

商鞅は、背に冷汗を伝わせ、張良の苦言に身をわななかせた。

「『詩経《しきょう》』には、鼠《ねずみ》を見るにかたちあり。人にして礼なし。人にして礼なくば、なんぞすみやかに死せざるとあります。『詩経』のいうところを考えれば、あなたの寿命《じゅみょう》が長いわけがありません。

公子虔《けん》が劓《はなきり》の刑を恥じ、外出しなくなってから八年が経《た》ちました。ほかにも大勢の人々が恨《うら》みをのんでいます。

逸詩《いっし》には、人心を得る者は栄え、人心を失う者は倒《たお》るとあります。

あなたは外出のとき、十数台の後車《こうしゃ》をつらねておられます。車上には鎧武者《よろいむしゃ》を乗せ、車の脇《わき》には豪力《ごうりき》の一枚肋《あばら》の男を騎馬《きば》で従わせ、矛《ほこ》、槍《やり》を持つ者が車の傍《かたわら》を走ります。これらの備えがなければ、外出なさらないでしょう。『書経《しょきょう》』には、徳をたのむ者は栄え、力をたのむ者は亡ぶとあります。あなたの運命は、朝露《あさつゆ》のようにはかないものでしょう。それでも寿命をのばしたいとお考えになるならば、ご領地のすべてを孝公《こうこう》に返上し、いなかの農夫となることです。孝公には野《や》の遺賢《いけん》をすすめ、老人、孤児に恵みを与え、功ある者を表彰し、有徳者《ゆうとくしゃ》を尊敬しなさい。

そうされないときは、孝公さまがお亡くなりになったとき、あなたはたちまち破滅するでしょう。片足をあげて待っていられるほどの早さで、そうなります」

商鞅は張良の苦言《くげん》を聞きおえたとき、顔色《がんしょく》を失っていた。

だが、彼はわが地位を失いたくなかった。

――いまとなってはやむをえない。儂《わし》は災難が降りかかってきても、なんとか切り抜けるさ――

五カ月後、孝公が崩《ほう》じた。

公子虔《けん》の徒《と》党《とう》が即位《そくい》して恵文王《けいぶんおう》となった太子に訴え出た。

「商君《しょうくん》は反逆をはかっています」

恵文王は捕《ほ》吏《り》を派《は》遣《けん》して、商君を逮捕《たいほ》させようとした。商君は危ういところを逃れ、国境の関所に辿《たど》りつき、宿屋に泊ろうとした。

宿屋の主人は拒《こば》んだ。

「商君さまの法令で、道中手形を持たない人を泊めると罰《ばつ》をうけます」

商君は天を仰《あお》いで嘆《なげ》いた。

「法律の弊害《へいがい》というものは、美《び》俗《ぞく》をそこなうこと、かくのごときものか」

商鞅は秦を出て、魏に入った。

魏の国人らは、彼がかつて公子卬《こう》を瞞着《まんちゃく》して、魏軍を撃破《げきは》したことを怨《うら》み、うけいれようとしない。

商鞅がしかたなく他国へむかおうとすると、魏の人々は彼を捕えた。

「この男は謀叛《むほん》人である。秦は強国だから、こちらへ逃げこんできた謀叛人を送り返さなければ、どんな難題《なんだい》を持ちかけてくるか知れない」

商鞅は秦へ送り返された。

彼はわが領地に逃げ帰り、腹心の部下たちとともに叛乱《はんらん》をおこした。わが身に制裁が下るまでの、最後の足掻《あが》きであった。

恵文王は兵を出し、たちまち商鞅を捕え、車裂《くるまざ》きの刑に処したのち、謀叛人の根を絶やすため、彼の一族をすべて誅殺《ちゅうさつ》した。


商鞅が、自らの酷薄な性格によって亡んだのち、秦の国威《こくい》はおおいにふるった。

商鞅が重農《じゅうのう》、重戦《じゅうせん》の方針をすすめたため、商業、家内工業、学問、文化は衰退《すいたい》したが、大軍団を養い、兵站《へいたん》をととのえるための食糧増産、備蓄《びちく》の目的を達成した。

秦が国力をあげて戦力増強にむかう状況を見た趙《ちょう》、韓《かん》、魏《ぎ》、楚《そ》もまた、そのあとを追ったが、商鞅がおこなった徹底した官僚統制機構の威力に、遠く及ばなかった。

商鞅が貴族階級に仇敵《きゅうてき》のように憎まれていたのは、領地、領民の世襲制を廃し、自作農をふやしたことにあった。

商鞅はこの変法《へんぽう》によって、人口のすくない広大な国内へ、他国農民の移住を促進した。

彼が一家に父子、兄弟が同居するのを禁《きん》じた法令によって、荒蕪地《こうぶち》の開拓にむかう者がふえた。開拓にあたる者には、土地、住居が与えられ、軍役《ぐんえき》が免《めん》ぜられる。

この結果、家長の権威が衰《おとろ》え、個人の働きが重視されるようになり、老人を敬う習慣は薄らいだ。

父親に鍬《くわ》や鋤《すき》を貸した息子が、恩着せがましい態度を見せ、娘の箒《ほうき》や箕《み》を使った母親が、口ぎたなく罵《ののし》られる光景が、めずらしくなくなった。

こうして、商鞅の政策によって強大となった秦が、巴蜀《はしよく》（四川省《しせんしようし》四川盆地《せんぼんち》）を征服したのは西紀前三一六年であった。

秦の巴蜀征服には、つぎのような伝説がある。

恵文王《けいぶんおう》は五頭の石牛《せきぎゅう》をこしらえ、毎朝、その尻《しり》の下に黄金《こがね》を落していいふらした。

「この牛は、百人の兵を養うに足る金の糞《ふん》を、毎朝するのだ」

噂《うわさ》を聞いた蜀王《しよくおう》は珍しい石牛を欲しがり、恵文王のもとへ使者をつかわし、買いとろうとした。

恵文王は求めに応じ、蜀に至る街道の普請《ふしん》をするようにすすめた。蜀王はいわれるままに街道普請をおこない、石牛を迎えた。

だが、石牛はいっこうに黄金の糞を落とさなかった。

蜀王は怒って恵文王を罵《ののし》る。

「東方の牛飼い野郎め、だましおったな」

恵文王は笑った。

「この牛飼いが、そのうち蜀を手中にしてやるぞ」

秦軍はこの伝説の通り、天にのぼるよりも難《かた》しとされている秦嶺《しんれい》越えの道をとって、たやすく蜀に侵入した。作戦の裏面には、石牛の伝説が生じたような策略が秘められていたのであろう。

秦は蜀《しょく》を併呑《へいどん》し、西紀前三一一年、さらに東方の巴《は》に版図《はんと》をひろげた。巴蜀の地は、四《し》川盆地《せんぼんち》を南流する岷江《びんこう》が、冬から春にかけて水が涸《か》れ、夏と秋には氾濫《はんらん》する。

秦は運河と堤防《ていぼう》を築き、水量を調節し、広大な農場をひらいた。その後、恵文王の子の昭王《しょうおう》の代になると、秦の実力は他の六国《りっこく》をはるかに引きはなした。

秦王政《せい》は李《り》斯《し》を重用《ちょうよう》して、廷尉《ていい》（最高裁長官）に任じた。政は李斯に外交、内政を一任し、自らの望む方向へ進ませる。

人民を強制して富国強兵の道へとひたすらむかわせる権力の執行者は李斯である。人民の不満は決して王にはむけられない。

政のもとで専権《せんけん》をふるう李斯は、所詮《しょせん》虎の威《い》を借《か》る狐《きつね》で、政よりも長命すれば、かならずつぎの政権からはじきだされ、謀叛人《むほんにん》の汚名を着せられ、極刑《きょくけい》に処させられるだろう。

それは百年前の商鞅《しょうおう》と同様に、声威《せいい》をほしいままにした寵臣《ちょうしん》の辿《たど》る道であった。政は李斯の行末を案じてやることはない。才能ある家臣を厚遇《こうぐう》してやり、充分にはたらかせ、高《こう》揚《よう》した国威《こくい》を、ますます発展させるのみである。

西紀前二三三年、李斯は政に進言して、韓《かん》を攻略する準備をととのえていた。韓王は、戦いを避《さ》けるため、刑名《けいめい》・法術《ほうじゅつ》の学者である韓非子《かんぴし》を秦へつかわした。

韓非子は五十歳前後の大学者で、声名は諸国にとどろいていた。政はそれまでに韓非子の『孤憤《こふん》』『五蠹《ごと》』の二著を読み、感動して側近に語っていた。

「韓非子に会って講義が聞けるなら、儂《わし》は死んでも悔いはない」

韓非子の説くところは、徹底した人材登用と信賞必罰をおこなうことである。

そのきびしい法治論を、政がうけいれようとしたのは、呂不韋《りょふい》と太后《たいこう》の事件によって、肉親さえ信じがたきものであると知ったためである。

政は、韓非子が使者として咸陽《かんよう》をおとずれると、丁重な礼をもって迎えた。彼は韓非子を丞相として任用しようと考えたが、李斯が反対した。

韓非子は、韓の公子の末流であった。幼時から黄帝《こうてい》、老子《ろうし》の道を学び、刑名、法術の学を好み、荀卿《じゅんきょう》(荀子)のもとで勉学した。

同門の弟子に李斯がいた。彼は雄弁《ゆうべん》で、韓非子は吃音《きつおん》のため議論は苦手である。だが、李斯は学才において韓非子に遠く及ばないと覚《さと》っていた。

韓非子は、韓が秦の侵略をうけ、国土がしだいに削《けず》られる情況を憂《うれ》い、くりかえし上書をして韓王に諫言《かんげん》をした。だが、韓王は決断力に乏《とぼ》しく、その意見を用いなかった。

韓非子は国情を憂慮《ゆうりょ》した。

韓王は、法制を改革して中央集権の実をあげ、国富をたくわえ兵を養い、人材を求め賢《けん》人《じん》を用いることを心がけていなかった。

自分に媚《こ》びへつらうばかりの軽薄で怠《なま》け者の虫けらにひとしい小人物を、功績ある人々の上位に置く。

韓王はまったく人の使いかたを知らない。平時には儒者に厚禄《こうろく》を与え、非常時になると武人をにわかに厚遇《こうぐう》する。

ふだん韓王が厚禄を与えているものは、非常時に役に立たない。非常時に役立つものは、ふだん厚禄を与えられていないので、充分な武器を持たず、兵馬《へいば》を養っていない。

韓非子は国情を憂《うれ》い、十数万字に及ぶ史書《ししょ》をあらわした。過去の諸国興亡のあとをつぶさに調べ、忠臣《ちゅうしん》が姦佞《かんぼう》の徒のために主君とのあいだをさえぎられた実例を、つぶさに述《の》べた著書のうち、世間に聞えたものは『孤憤《こふん》』『五蠹《ごと》』『内外儲《ないがいちょ》』『説林《ぜいりん》』『説難《ぜいなん》』などである。

韓非子は、君主に道を説いていれられることのむずかしさを説いた『説難』に、つぎのように語っている。

「遊説《ゆうぜい》の効果をあげるのはむずかしい。自分の知識が不足で、意のあるところを表現できないというようなことは、あまり問題ではない。

弁舌がつたなく、聞き手を話に引きこめないという難点も、克服しやすい。気怯《きおく》れがして、意見を存分に表明できなくても、いくらか慣れれば欠点は消えてしまう。

遊説の効果をあげるために、いちばん大事なことは、説き聞かせる相手がなにを望んでいるかを察し、その点について論じることである。

相手が名声を望んでいるとき、大利《たいり》を得る手段について説けば、見識を疑われ卑賤《ひせん》の人物として遠ざけられる。

相手が大利を得たいと望んでいるときに、名声を高める手段を説けば、鈍物《どんぶつ》で世情《せじょう》に疎《うと》いと思われ、用いられることはない。

また、うわべで名声を得たいと考えていると見せかける者に、名声をたかめる法を説けば、表向きは用いるふりをされるだけで、実際には疎んじられる。

その者の内実を察し、大利を得る手段を説けば、ひそかにその手段をつかいながら、表向きには疎んじるだろう。

物事は隠密《おんみつ》のうちに運べば成就《じょうじゅ》し、言葉は洩《も》れるとき、失敗する。遊説する者が、相手の秘密を洩らすつもりがないときも、たまたま秘事に言葉が及ぶときは、身が危ない。

相手に過失があるとき、遊説者が遠慮なく正論を吐いて、その悪をあばくときも、身が危ない」

風蕭々《しょうしょう》

韓非子《かんぴし》は遊説《ゆうぜい》の困難について、例をあげて説き去り、説き来る。

「相手と親交が浅く、恩顧《おんこ》をこうむっているわけでもないのに、わが知識のすべてを傾けて説くのは、考えものである。

相手がわが説に従い実効《じっこう》を得ても、それを徳として引きたててくれることはなく、その説をとりあげないまま事をおこない、失敗したときは、ひそかに妨害《ぼうがい》したのではないかと、疑いをかけられ、身に危険が及ぶことになる。

相手が何事かをひそかに企《くわだ》て、実行しようとしているとき、遊説者がそれを察知すると、身が危ない。相手が表面の行動とは別の目的をめざしているとき、遊説者が内情を察知すると身が危ない。

相手がこれだけは手をつけたくないと考えていることを、実行するようつよくすすめ、どうしても廃することのできない事柄を、廃止させようとすると、身に危険が及ぶ。

君主にむかい、明君賢主《めいくんけんしゅ》について語れば、君主は暗に自分を批判していると思う。愚者《ぐしゃ》を語れば、そうすることでわが賢明を自讃《じさん》しているのだと思われる。

君主の寵臣《ちょうしん》を褒《ほ》めれば、そうすることで君主の意を迎えようとしていると見られ、君主が憎《にく》しみをむけている者を論じるときは、憎悪《ぞうお》の深さがどれほどかと探りをいれているのだと、疑われる。

多弁《たべん》を用いず簡略《かんりゃく》に話すときは、無知で知識が乏《とぼ》しいと軽んじられ、古今の例証を数多く開陳《かいちん》すれば、口数が多く冗漫《じょうまん》だとうとまれる。

へりくだった控《ひか》えめな意見を述べれば、こやつは充分に心中を吐露《とろ》できない小心者であるといわれる。

そうかといって、古今の史実をひいてはばかるところなく意見を述べれば、身のほどをわきまえない横柄《おうへい》な世間知らずであると、敵意を抱かれる。遊説が他人にうけいれられることが、いかに困難であるかは、このような場合を考えればよく分ることである」

韓非子は、暗愚《あんぐ》な韓王のもとで諫言《かんげん》をいれられず、苦労をかさねてきたので、「説難《ぜいなん》」という命題について語るとき、微《び》に入り細《さい》をうがち、あらゆる事例をあげた。

「要するに、遊説する相手の君主が、誇《ほこ》りとしていることを褒めたて、恥辱《ちじょく》としていることに触れないという心得を、忘れてはいけない。

君主がわが方略を完璧なものと思っているとき、その欠点を指摘してはならない。君主が勇気をふるっておこなう決断に反対してはならない。

わが力量が衆にぬきんでていると思っている君主には、彼がなお力及ばない難点があると指摘し、夢想《むそう》から醒《さ》めさせてはいけない」

韓非子《かんぴし》は、遊説するにはまず君主の望むところに逆《さか》らわず、ひたすらその意に従うことが大切であるという。

そうして長年月を経て、君主が遊説者を深く信用し、厚遇《こうぐう》するようになったのち、はじめて考えるところを諫言し、ありのままにわが意見を述べても、功績《こうせき》を認められ、爵禄《しゃくろく》を賜《たま》わることができるようになる。

君主が疑わず処罰せず、遊説者が重用されるに至って、はじめて遊説が成功したといえると語った。

「殷《いん》の湯王《とうおう》の宰相伊尹《さいしょういいん》が料理人となり、秦《しん》の穆公《ぼくこう》の宰相百里奚《はくりけい》が奴隷に身を落したのも、そうして君主に用いられる機を得ようとしたためである。

このような聖人と呼ぶべき二人でも、ここまで身を落したが、こうするのは大才のある人物の恥ずべきおこないではない」

韓非子は、他人にわが言葉の真意を伝えることが、いかに困難であるかを、寓話《ぐうわ》によって説明する。

宋《そう》の国に大金持ちがいた。

その屋敷の垣根《かきね》が、大雨で崩れた。息子がそれを見て注意した。

「早く垣根を直さないと不用心です。盗賊が入りこみますよ」

隣屋敷の主人も、おなじ忠告をした。

夜になって、大勢の盗賊が入りこみ、多数の財物を奪い去った。大金持ちはいった。

「うちの息子は、何事にも智恵がまわる。災難を予告したではないか。それにしても隣りの主人は怪《あや》しいぞ。あいつが盗賊をはたらかせて、俺の宝物を盗んだのではないか」おなじことを告げても、立場の相違によって、これほどまでに受けとられかたが違うというのである。

韓非子は、おなじような寓話を語る。

昔、鄭《てい》の武公《ぶこう》が胡《こ》（匈奴《きょうど》）を討伐《とうばつ》したいと考え、わが娘を胡の族長にめあわせたのち、諸臣を呼び集めて聞いた。

「余は他国を併呑《へいどん》しようと考えている。どこを攻めればいいか」

関其志《かんきし》という大夫《たいふ》が言上《ごんじょう》した。

「いまは胡を伐《う》つ好機です」

武公は怒り、顔に朱を注いで罵《ののし》った。

「胡は兄弟の国ではないか。貴様は俺に義にもとるおこないをせよというのか」

武公は関其志を、その場で極刑《きょくけい》に処した。

胡の族長はその噂を聞き、気を許して鄭への備えを怠った。武公はその隙《すき》を逃さず、軍勢を率い、胡に乱入して占領した。

関其志は主君と同じ意見を口にして、殺された。韓非子はいう。

「智をはたらかせ、前途の判断を誤らないのは、さほど難事《なんじ》ではない。むずかしいのは、その判断をどのように活《い》かすかである」

昔、衛《えい》の君主霊公は、弥子瑕《びしか》という美少年を寵愛した。

ある夜、宮殿にいる弥子瑕のもとへ実家の使いがきた。

「あなたさまの母上が重病です」

弥子瑕は君命といつわり、霊公の馬車に乗って宮中から出て、母を見舞った。

諸臣は弥子瑕の大膽《だいたん》なふるまいにおどろいた。許可なく霊公の馬車に乗れば、足切りの刑に処されることになっていた。

だが、霊公は弥子瑕《びしか》を罰しなかった。

「母の身を案じるあまり、足切りの刑を覚悟で余の車に乗ったのだ。許してやれ」

あるとき、弥子瑕は霊公に従い桃畑に遊んだ。彼は熟した桃をひとつ取り、食べてみるとあまりに美味であったので、食べ残した分を霊公に捧《ささ》げた。

霊公は眼を細めていった。

「余を愛するあまり、甘い桃のなかばを食べさせようとしてくれるか」

霊公は食いかけの桃を受け取り、しゃぶりつくした。

年月が過ぎ、弥子瑕の容色《ようしょく》が衰《おとろ》え、霊公の情愛が薄らいできた。

弥子瑕はまた、霊公にあまえ、罪過《ざいか》を犯《おか》した。霊公はこんどは許さなかった。

「弥子瑕を処刑しろ。こやつは前に、余の車に偽《いつわ》って乗り、食いかけた桃を余に食わせた不埒者《ふらちもの》だ」

弥子瑕のおこないが、はじめは褒《ほ》められ、後に罪をうけたのは、霊公の愛情の変化によるものであると韓非子はいう。

「竜《りゅう》という生きものは、うまく狎《な》らせば、人が背に乗ることもできる。だが、その喉《のど》の下には一尺ほどの逆鱗《げきりん》があり、それに触れた者は、たちまち殺されてしまう。同様に君主にも逆鱗がある。遊説者は逆鱗に触れることがなければ、まず一人前である」

彼は現世の政治は、倫理をもっておこなえるものではないといった。

「先王《せんのう》の仁義《じんぎ》、以《もっ》て戯となすも、以て治《ち》となすべからず」

尭《ぎょう》、舜《しゅん》、文王《ぶんおう》、武王《ぶおう》らの仁政《じんせい》は、儒教精神《じゅきょうせいしん》の精華《しょうか》とたたえられるものであった。

韓非子《かんぴし》は、それを戯（芝居）として見るべきであるという。

「古人は徳をすみやかに、中世は智をさそい、当今は力をあらそう」

古人は徳、中世は智、いまの世は力をもってあい競う時代になったというのである。

「これ仁義は古《いにしえ》に用い、今に用うべからず。世ことなれば、すなわち事ことなる。事は世によりて、備えは物にかなう」

秦王政《せい》は、韓非子を用い天下統一をおこなおうと考えた。

政は韓非子が韓王の使者として秦を訪れる前年の、西紀前二三四年、趙国《ちょうこく》を攻撃《こうげき》し敗退していた。

常勝《じょうしょう》の戦歴を誇る桓齮《かんき》将軍が、十万の兵を率い趙《ちょう》に乱入し、平陽《へいよう》（河南省臨漳《かなんしょうりんしょう》県西）で趙の扈輒《こちょう》将軍の大軍を撃破し、十万を斬首《ざんしゅ》する大戦果をあげた。

だが、扈輒の援軍として戦線に至った趙将李牧《りぼく》と戦い、宜安《ぎあん》（河北《かほく》省藁城《こうじょう》県）から西へ退却し、肥下《ひか》に移動した。李牧は執拗《しつよう》に追撃《ついげき》を続け、秦軍は十万のうち、本国へ帰還できたのはわずかに五万という大敗をこうむった。

秦軍の敗因は、李牧という非凡な名将に、作戦の裏をことごとくかかれたためであった。

韓非子はいった。

「常に勝利を誇っていた秦軍が、予期しない大敗をこうむれば、深刻な動揺をうけます。戦力の優劣は、わずかなきっかけで入れかわるものです。天下統一の機がめぐってきたとき、迅速《じんそく》に成《な》し遂《と》げなければ、過ぎ去った好機を呼び戻すことはできません。秦は、過去に天下統一をなしうる機会が三度ありましたが、いずれも失敗しました。その責任は、中途で兵を収めた謀臣《ぼうしん》にあります」

政は韓非子を重用し、果断《かだん》な政策をおこなおうとした。

李斯《りし》と上卿《じょうけい》の姚賈《ようか》は、彼らよりもはるかに才能のすぐれている韓非子が軍師の座に就けば、わが立場が危うくなると見て、政に彼を疑わせるため、進言した。

「韓非子は、韓の公子の末流であります。王が諸国を併呑《へいどん》し、天下統一をなさるのを、韓非子はひそかに邪魔するにちがいありません。人情の然《しか》らしむるところです。王が韓非子を用いられないまま秦にとどめたのち、韓に返すのも、前途に災いを残すものです。思いきって、いま誅殺するにしくはありません」

政は李斯の進言に惑わされ、韓非子を獄に落し、罪状を取り調べさせた。

李斯は韓非子にひそかに毒薬を届けさせ自殺をうながす。

――やはり俺は説難によって死ぬのか――

韓非子は政に謁見《えっけん》し、真情を吐露《とろ》したいと思ったが、李斯に妨げられた。

政がわが措置《そち》の過ちをさとり、使者をつかわし韓非子を赦免《しゃめん》しようとしたが、すでに毒をあおいで死んでいた。

韓非子の死後三年を経た西紀前二三〇年、秦軍が韓に乱入した。

秦の士卒《しそつ》は、戦場での信賞必罰が運命の禍福《かふく》を分けると思いこんでいる。

出陣の命令が下ると、戦功《せんこう》をかさねた古つわものは、さらに手柄をたてようと心を励まし、戦功をたてない者は、今度はかならずめざましいはたらきをしようと決心する。

平和な国内で育ち、敵とあいまみえたことのない者でも、出陣と聞くと足を踏み鳴らす。

戦場では敵の白刃《しらは》の下に素肌をさらし、敵陣《てきじん》に残す炭火を素足で踏み越えるいきおいをあらわす。

死を覚悟して戦う一人は、十人の敵に対することができる。十人は百人に、百人は千人に、千人は万人に対抗し、万人はついに天下を定める力をあらわす。

魏軍は戦士七十万、戦車六百乗、騎兵五千をそなえていた。戦士百万、戦車千乗、騎兵一万の秦に対抗できないほどの兵力ではない。

だが韓軍は惨敗《ざんぱい》し、韓王は捕虜《ほりょ》となった。秦軍のいきおいはとどまらず、西紀前二二八年には趙の都邯鄲《かんたん》を攻め、陥《おとしい》れた。趙の公子嘉《か》は、代郡《だい》（河北省蔚県《かほくうつけん》）に蒙塵《もうじん》した。

秦軍はさらに北上し、燕《えん》国に乱入する動きをあらわした。

燕の都は武陽《ぶよう》（河北省易《えき》県）である。武陽は東西八キロ、南北四キロの大都市であった。城の南北は、易水《えきすい》という大河にのぞみ、東西は易水から水を引いた濠《ほり》をめぐらせている。

燕国は西に隣接《りんせつ》する趙と、しばしば戦ったが、はるか離れた秦がとどまるところを知らないいきおいで迫ってきたので、対戦を避《さ》けることができなくなった。

西紀前二二七年、秦軍は易水の対岸に迫った。

燕王喜《き》の太子丹《たん》は、秦王政と面識があった。丹は以前、趙の都邯鄲に人質としておもむいていた。

そのとき、幼い政が父の子楚《しそ》とともに邯鄲にいた。丹は子楚父子と親しく交わった。

それから歳月がたち、政が即位し秦王となったのち、丹は秦に人質として出向いた。

「政とは昔なじみだ。待遇《たいぐう》が悪かろうはずはない」

丹が秦国へ出向くと、政の態度がきわめて冷淡《れいたん》であった。

強大となった秦の王となった政は、丹の存在など眼中《がんちゅう》になかった。丹は政に恨《うら》みを抱き、帰国を願った。

だが政は許さない。彼はいった。

「烏《からす》の頭を白くして、馬に角《つの》を生やすことができたら、帰国を許してやろう」

丹は難題をもちかけられたが、隙《すき》をうかがい逃げ帰った。

丹は帰国してのち、秦王に復讐するため刺客《しかく》を探した。秦はしだいに強大となり、斉《せい》、楚《そ》、韓《かん》、魏《ぎ》、趙《ちょう》を侵略し、ついに燕《えん》に軍勢を向けてきた。

燕の君臣《くんしん》は、秦の禍《か》をおそれるばかりである。丹は傅役《もりやく》の鞠武《きくぶ》に聞いた。

「秦王政の侵攻を防ぐ方略はないか」

鞠武は答えた。

「秦の領土は天下を覆《おお》うほどであります。北に甘泉山《かんせんざん》、谷口《こくこう》（陝西省《せんせいしょう》）の要害《ようがい》の地があり、南に涇水《けいすい》、渭水《いすい》に沿う肥沃《ひよく》の地、巴《は》（四川省《しせんしょう》）漢中《かんちゅう》（陝西・湖北省《こほくしょう》）の豊穣《ほうじょう》の地がありま す。隴《ろう》、蜀《しょく》の山地を右手に、函谷関《かんこくかん》、殺山《こうざん》（河南省《かなんしょう》）の険地《けんち》を左手にひかえています。人口は多く、軍勢は精鋭がそろい、刀剣《とうけん》、甲冑《かっちゅう》は余るほどあります。彼らが押し寄せてくれば、わが燕は危険にさらされます。太子は秦王に侮《あなど》られた恨《うら》みをはらすために、その逆鱗《げきりん》にあえて触れるおつもりですか」

丹がたずねた。

「お前には、何か方策《ほうさく》がないのか」

鞠武は答えた。

「なお深くご相談いたしましょう」

まもなく秦の将軍樊於期《はんおき》が、秦王政に罰《ばつ》をうけ、逃れて燕にきた。

丹は彼をうけいれ、かくまうことにした。

鞠武は諌《いさ》めた。

「そんなことをしてはなりません。暴逆《ぼうぎゃく》な秦王が、燕にかねがね遺恨《いこん》をふくんでいることは、考えても膽《きも》が冷えるほどおそろしいことです。そのうえに、太子が樊《はん》将軍をかくまっていると知れば、どうなるでしょう。飢えた虎《とら》の通り道に、肉を積みあげておくようなものです。もはや禍から逃れる道はありません。昔の斉《せい》の名高い宰相《さいしょう》、管仲《かんちゅう》、晏嬰《あんえい》がいたとしても、手のほどこすすべもないにちがいありません」

「では、どうすればいいのだ」

「樊将軍を一時も早く匈奴《きょうど》の地へ送り、秦に燕へ攻め入る口実を与えないで下さい。しばらく時を稼《かせ》ぐうちに、西は韓《かん》、魏《ぎ》、趙《ちょう》の残存《ざんそん》勢力と結び、南は斉《せい》、楚《そ》と連合し、北は単于《ぜんう》と講和なさいませ。そうすれば、打つ手もあるでしょう」

太子丹はいった。

「太傅《たいふ》の計謀《けいぼう》は、長年月を要するものだ。わが胸中は憂《うれ》いと怒りに乱れるばかりで、このまま時を過ごせないほど焦《あせ》りたっている。それだけではない。樊将軍は天下に身の置きどころがなくなり、私を頼《たよ》ったのだ。強大な秦王に脅《おび》え、哀れみの心を捨て、彼を匈奴のもとへ送るなどという、不人情なことができるだろうか。そんなことは、私が死んだあとでやってくれ」

鞠武は応じなかった。

「危ない橋を渡りながら幸福を求めるのはあさはかで、招き寄せる禍は底知れません。ただ一人の友への好誼《こうぎ》のために、国家の大難《たいなん》を招くのは、賢明なおこないでしょうか。相手の怒りを煽《あお》り、わが禍をふやすばかりです。秦が燕を侵略するのは、鴻毛《こうもう》の一本を炉《ろ》の火で燃やすように、たやすいのです。猛禽《もうきん》のような秦が、凶暴な恨《うら》みと憤怒《ふんぬ》を発するとき、その災害は言葉にあらわすこともできないでしょう。私にはこのうえ、なんの才覚もありません。田光《でんこう》先生という、思慮深く沈着で大勇《たいゆう》の人物がいます。その人とご相談下さい」

丹は鞠武に命じた。

「田先生をお連れしてくれ」

鞠武は宮殿を退出し、田光を伴《ともな》い戻ってきた。

丹は田光を出迎え、あとずさりしつつ案内し、ひざまずいて田光の席の塵《ちり》を払った。田光が座につくと、丹は人払いをして席を下り、意見をたずねた。

「燕と秦は、もはや並び立つことがありません。私はいま、どうすればいいのでしょうか」

田光はいう。

「駿馬《しゅんめ》の盛壮《せいそう》のときは、一日に千里を走るが、衰《おとろ》え老《お》ゆれば駑馬《どば》にも先を越されるといいます。太子は私が盛壮の頃の評判をお聞きになられたのでしょうが、私がもはや老衰《ろうすい》していることを、ご存知ではないようです。たとえ盛壮のときであっても、これほどの難局にあたる器量は、持ちあわせておりません。私の親友荊卿《けいけい》であれば、太子にお力添えをすることができるでしょう。太子の身辺の人々は、怒るとき顔色が赤くなり、青ざめ、白く血の色が引くような、役立たずでしょうが、荊卿は神勇《しんゆう》の人で、憤怒《ふんぬ》をあらわすときも、外見はまったく変りません」

　丹が即座に頼んだ。

「その荊卿《けいけい》にお目にかかりたいものです」

「かしこまりました」

　太子は退出する田光を、門前まで見送り耳うちした。

「私が申しあげ、先生が仰《おお》せられたことは、すべて国家の大事ですから、他言なさらないで下さい」

　田光は頭《こうべ》を垂れ、笑みをふくんで答えた。

「たしかに、仰せに従いましょう」

　丹はその自分の一言が、田光にどのような決心をさせたのか、気づいていなかった。小《しょう》膽《たん》で陋劣《ろうれつ》な根性の丹には、烈士《れっし》の気質《きしつ》が分っていない。

　田光がたずねてゆくのは荊軻《けいか》という、衛《えい》の人であった。先祖は斉《せい》の人であるが、荊軻は衛へ移り住んだ。その頃、彼は慶荊《けいけい》と呼ばれていた。

　のちに、燕におもむいてから、荊卿《けいけい》と呼ばれるようになった。

　荊軻は読書と剣術《けんじゅつ》に日を送り、衛の元君に進言したことがあったが、用いられず、官途《かんと》につかなかった。衛はその頃、魏の属国《ぞっこく》であった。

その後、西紀前二四二年に秦が魏を攻め、衛の地に東郡を置き、元君を野王《やおう》（河南省《かなんしょう》）に移した。

荊軻は諸国を放浪するようになり、楡次《ゆじ》（山西省《さんせいしょう》）に足をとどめたことがあった。そこにいた高名な剣客《けんきゃく》の蓋聶《こうじょう》と、剣術について論じた。

蓋聶は意見があわず、怒って荊軻を睨《にら》みすえた。剣客どうしがその自分の理論の正否をたしかめるには、真剣勝負をするしかない。

だが荊軻《けいか》は黙って蓋聶《こうじょう》の前から立ち去った。傍《かたわら》にいた者が幾日かたってから蓋聶にすすめた。

「あの男を、もう一度ここへ呼び戻し、話の決着をつけたらどうだ」

蓋聶は鼻先で笑った。

「このあいだ、あいつが剣の理論について気にくわないことをいったので、睨《にら》みつけてやったから、もうこの町にはいないだろう。俺と決着をつけるのが恐ろしいからね」

蓋聶の大言を聞いた者は、荊軻の宿へ使いをやったが、荊軻はすでに馬車に乗って立ち去っていた。

荊軻が臆病者であるとの噂が、ひろまっていった。彼は趙《ちょう》の都邯鄲でも、かんばしくない評判を残した。魯句践《ろこうせん》という男と双六《すごろく》で博打《ばくち》をやったが、盤《ばん》の道争いでいいあううち、魯句践が激昂《げっこう》してどなりつけると、荊軻は黙って退散《たいさん》し、二度とあらわれなかった。

荊軻を無能な臆病者であるという者がふえたが、うわべに小心をよそおっているだけで、実は非凡の勇者であるという者もいて、評価はさまざまであった。

荊軻は燕の都薊《けい》に住みついたのち、犬殺しと筑《ちく》という琴《こと》に似た楽器の名手として知られる高漸離《こうぜんり》の、二人の友人を得た。

荊軻は酒が好きである。毎日二人の友といっしょに町なかで酒に酔いしれた。興《きょう》が湧《わ》くと、大道《だいどう》で高漸離が筑をかき鳴らし、荊軻が曲にあわせ歌を高唱《こうしょう》する。

感情が高まってくると、荊軻は犬殺し、高漸離とともに声をあげて泣き、周囲から不審《ふしん》の眼をむけてくる群衆が、いないかのようにふるまった。

荊軻は、剣客や無頼漢《ぶらいかん》と酒を飲み交遊しているが、何事にも沈着《ちんちゃく》で、高い識見《しきけん》をそなえており、遊歴《ゆうれき》する諸国の賢人《けんじん》・豪傑《ごうけつ》・有徳《ゆうとく》の好漢《こうかん》と交わり、真価を認められていた。

燕にきたのち、学識を備えているが官途《かんと》に就《つ》かない処士《しょし》の田光先生に厚遇《こうぐう》されていた。

田光は、荊軻がただものではないのを見抜いていた。

そのため田光は、太子丹《たん》に相談をうけると、どこへも寄らず荊軻に会いにいったのであった。

田光は荊軻に会うと、頼んだ。

「この田光が貴公に親密《しんみつ》な仲であることは、燕国で知らぬ者がない。さきほど太子は儂《わし》の盛壮《せいそう》の頃の評判を聞かれたのであろう、この老いぼれを召され、ありがたいご相談をいただいた。燕と秦は並び立たぬであろう。先生、今後の指針を与えてほしいとな。

そこで儂は貴公が太子の相談相手になれる男だと思い、そう申しあげたのだ。儂のかわりに太子の宮殿へ出向いてもらいたい」

荊軻は即座に応じた。

「分りました。仰《おお》せの通りにいたしましょう」

田光はよろこんだ。

「よし、これで貴公に後事を託《たく》すことにしよう。長者は事をなすにあたり、人に疑いを抱かせずという諺《ことわざ》がある。さっき太子はいった。あなたに打ちあけたのは国家の大事だ。どうか他言してくれるなとね。そういったのは、太子がこの田光を疑っておられる証拠《しょうこ》だ。およそ行いにおいて疑いを抱かれるようでは、義侠《ぎきょう》と気概《きがい》によって生きる好漢とはいえない」

田光は太子丹の疑念《ぎねん》をはらし、荊軻に覚悟をきめさせるため、その場で自殺するつもりであった。

愚かな丹に相談を持ちかけられ、応じられないとことわればそれで済むものを、田光はわが身を捨て、鞠武《きくぶ》の知遇《ちぐう》にこたえようとした。それが真の勇者の値打ちであった。

田光は荊軻にいった。

「貴公はただちに太子に会い、儂が秘事を口外しない約束を守り、死んだことを伝えてくれ」

田光は短剣を抜き、頸《くび》の血脈を切って死んだ。

田光のほとばしる血をてのひらにうけて呑んだ荊軻は、太子丹に謁《えっ》して、田光の自殺を告げ、最期《さいご》の言葉を伝えた。

丹は再拝《さいはい》して膝《ひざ》をついたまま荊軻に近寄り、涙を流す。彼はしばらくの間を置いて語った。

「余が田光先生に口外しないよう念をおしたのは、国家の大事をなしとげたいためであった。先生が他言しない証拠として一命を絶たれたのは、余の本意にそうものではない」

丹は、荊軻が席につくと、わが席を下り、頭を床につけ敬礼したのち、いった。

「田光先生は、余が愚《おろ》かであるのも構わず、あなたをひきあわせ、相談できるようにして下さった。これこそは、天が燕を憐《あわ》れと思《おぼ》し召され、頼るべき何物も持たない余を見捨てておられないためであります。

秦は貪欲《どんよく》で、満ち足りることを知りません。天下の地をすべてわがものとし、海内《かいだい》の諸王のすべてを臣下としないうちは、鉾《ほこ》を納めることはありません」

丹は天下の形勢を説く。

韓王を捕虜《ほりょ》として、その領地をすべて併呑《へいどん》した秦は、南は楚に至り、北は趙に力を及ばせるに至った。

秦の将軍王翦《おうせん》は、数十万の兵力を動かし、漳水《しょうすい》、鄴県《ぎょうけん》(河北《かほく》省)で作戦行動をしている。おなじく李信《りしん》は太原《たいげん》・雲中《うんちゅう》(山西《さんせい》省)に出撃した。

趙はまもなく全面降伏に追いこまれるにちがいない。丹はいう。

「趙王が秦に臣従《しんじゅう》すれば、禍は燕に及んできます。わが燕は戦力に劣り、諸国の侵略をたびたび受けています。秦に対してはとても抵抗できません。諸侯はすでに秦に屈し、同盟を結ぶ国もありません。そこでわが思案《しあん》があります」

荊軻は眼光するどく、丹のいうところを聞く。その存念は聞くまえに、見当がついていた。

丹はいう。

「もし天下第一の勇士が秦へ使者として出向き、大利《たいり》を示して誘えば、貪欲な秦王はこちらの策略に乗るでしょう。秦王を捕《とら》え、脅《おど》して諸侯の国土をことごとく返還させることができれば、情勢は一気に転換します。

もし計略が思う壺にはまらないときは、秦王を刺し殺せばいいのです。秦の将軍たちは、大軍を国外に進駐させているので、国内に乱がおこれば、動揺してたがいに疑念《ぎねん》を抱きあうにちがいない。その機に乗じ、諸侯が合従《がっしょう》して秦を攻めれば、撃破できるでしょう」

丹は姿勢をあらため、荊軻に頼んだ。

「秦王政を捕えるか殺すことが、ただひとつの念願です。しかし、この使命を誰に委《ゆだ》ねるべきか迷っていました。荊卿殿、お引きうけ下されぬか」

荊軻は黙然と考えていたが、やがて答えた。

「これは国家の一大事です。非才の私にはとても果せない重大な使命です。ご辞退いたします」

丹は頭を床にすりつけ、ひたすら懇願《こんがん》した。

「あなたのほかに、この役を果せる人材はいません。どうか引きうけていただき、燕国を破滅の淵《ふち》から救いだして下さい」

荊軻はようやく引きうけた。

――このまま放浪の日を送り、わが力量を世にあらわす機会もないまま、田光先生のように老いるよりも、一瞬の輝きをあらわしたのちに死ぬほうがいい。秦王政を道連れにするなら、俺の死も無駄にはならない――

太子丹は荊軻を尊重して上卿の位につけ、豪華な屋敷に住まわせた。丹は連日荊軻を訪問し、牛、豚、羊の料理をすすめ、車、馬、美女を贈って、荊軻の心にかなう生活を送らせた。

それから久しく日が経ったが、荊軻はいっこうに出立《しゅったつ》する様子を見せなかった。

秦将王翦《おうせん》はいよいよ猛威《もうい》をふるい、北上して易水《えきすい》の北岸に達した。太子丹は恐怖して荊軻に会い、懇願《こんがん》した。

「秦軍は、今にも易水を渡り、国内へ乱入しようとする形勢《けいせい》です。これではあなたに末長くご奉仕するつもりでも、まなもくすべてが終ってしまうでしょう。どうかお力をお貸し下さい」

荊軻はおもむろにいった。

「太子の仰《おお》せがなくとも、私は宮殿へ参上するつもりでした。私がこのまま出向いても、秦王を信用させる物がなくては、身近に寄ることができません」

「それは、どのような物でしょう」

「秦王は樊《はん》将軍を捕えた者には、金千斤《きん》と一万戸の領地を与えるといっております。私に樊将軍の首級《しゅきゅう》と、燕の肥沃《ひよく》の地、督亢《とくこう》（河北省《かほく》）の地図を賜《たま》わり、それを秦王に献上すれば、よろこんで引見《いんけん》するにちがいありません。そうなれば、太子のご期待にそうことができましょう」

丹は首を振った。

「樊将軍は、政に追われて逃げ場を失い、頼ってきた。それを殺すことは、私にはできません」

荊軻はいったん退出して、樊於期《はんおき》の住居をたずね、心中を問いただした。

「秦王はまことに残酷《ざんこく》な人です。将軍のご両親をはじめ、一族はすべて誅殺《ちゅうさつ》されましたね。いま将軍の首に、千斤の黄金と万戸《ばんこ》の邑《ゆう》をかけているというではありませんか。今後はどうなさるおつもりですか」

壮士去る

荊軻《けいか》の内部には、自刃《じじん》した田光《でんこう》の気魄《きはく》が雷霆《らいてい》のように鳴りわたり、こだましていた。彼は樊於期《はんおき》の命をもらいうけることを、ためらわなかった。義のために死んでこそ、豪侠《ごうきょう》である。天下の覇者《はしゃ》、秦王政《せい》を殺すため、荊軻は樊とともに命を捨てる。

樊於期は荊軻が諸国に聞こえた剣客であるのを、知っていた。大剣をとっての勝負で、強剛を薙《な》ぎ倒してきた彼の閲歴《えつれき》は、血のにおいにみちている。

燕《えん》の都武陽《ぶよう》に住むようになって、荊軻は武名を高めるようなふるまいを、なにひとつしていない。

犬殺し、高漸離《こうぜんり》とともに酒に泥酔し、筑にあわせて歌い、心が高揚すると声をあげて泣く荊軻を、子供たちは嘲《あざけ》り、石を投げる。

荊軻は決して怒らなかった。ふだんは汚れた衣服と冠をつけ、嘲笑を浴びても薄笑いをうかべるのみである。帯に剣を差していることもなく、破れたくつをはき、よろめき歩く。

だが、大人たちは彼を畏怖《いふ》していた。

「荊卿《けいけい》は、ただものじゃねえ。あいつは俺たちを、蟻みたいに指先で潰《つぶ》せるような凶状持《きょうじょうも》ちだよ」

凶状持ちというが、荊軻が過去にどんなことをしてきたか、知っている者はいない。

誰かがいった。

「荊卿は、あれでなかなかの学者らしい。渡り歩いた国では、どこでも賢人、豪俠、有徳者とふかい交わりをむすんだそうだ。この町へきてからは、先の望みを失ったので、高漸離たちと酒に憂さをはらしているのだろう」

荊軻は薊《けい》にきて、一度だけ余人が遠く及ばない武芸の達者であることを、うかがわせるに足るはたらきを、あらわしたことがあった。夕方になると、乾燥した大気のなかを、強風が吹き荒れる初秋であった。荊軻が町なかを歩いているとき、仔牛《こうし》のような猛犬二匹をけしかけたやくざ者がいた。

やくざ者は荊軻に出会うたび、脅《おど》してやろうと思ったが、眼があうと、なんとなくやめてしまう。気《け》おされる理由は分らないが、手を出すことができず、いまいましくてならない。

それで友人の飼犬を借りてきた。二匹の犬は荊軻にむかい、体毛を逆立て吠《ほ》えかかる。

荊軻は武芸者に見えない中背の男である。当時の武芸者は、雄偉《ゆうい》な体格をそなえていた。孔子は、身長十尺（約二二〇センチ）、武勇絶倫とうたわれた叔梁紇《しゆくりようこつ》という武芸者の子で、身長九尺六寸（約二一六センチ）、長人《ちようじん》と呼ばれ、やはり武芸に熟達していた。

荊軻はいつも酔っている。町の人々は、彼が大犬に噛《か》まれ、食い殺されないまでも大怪《おおけ》我《が》をするだろうと見ていた。

荊軻はすこしもうろたえず、あおのいて空を眺めつつ、ゆるやかに足を運ぶ。やくざ者はさかんにけしかけ、犬は歯を剝《む》き、飛びかかろうと身構えた。

荊軻の左右から二匹の犬が身をおどらせたとき、見物人は声をあげた。喉笛を食いきられるのではないかと思ったためである。

だが、予想もしないことがおこった。二匹の猛犬が悲鳴とともに地面に叩きつけられた。

「荊卿は得物《えもの》を持っていたのか」

「いや、なにも持っていない。徒手空拳《としゅくうけん》だ」

「しかし、あの大犬がそろって血を吐いて、足を震わせているではないか。もう死んでいるぞ」

やくざ者がうろたえ、起こそうとしているが、犬は身を横たえたまま動かない。

荊軻は、犬が嚙みつこうとしたとき、すばやく身をひるがえしたように見えたが、どのようにしてまたたくうちに二匹の息の根をとめたのか、誰にも分らなかった。大犬はどちらも顎骨《あごぼね》がみじんに砕けていた。

やがて噂がひろまった。

「荊卿は蹴《け》り技をつかったのだ。足の爪先で犬の顎を蹴りあげたんだ」

樊於期は、荊軻の評判をかねてから聞いていたので、彼がたずねてきたときから、尋常な用件ではないと察していた。

荊軻の問いかけは、樊於期の胸をするどく突いた。彼は嘆息して涙とともに答えた。

「一族を秦王に殺しつくされ、私の苦しみは骨に徹するほどだ。私はどうすればいいのか」

荊軻は樊の両眼を見つめていった。

「お答えは一言でできます。あなたが仇《あだ》をむくい、同時に燕国の憂患《ゆうかん》をも取りのぞく策がありますす」


「どうするのだ。教えてくれ」

「私が将軍の首級《しゅきゅう》をいただき、秦王に献上します。千金と万戸《ばんこ》を賞金にかけるほどの価値のある将軍の首をさしだせば、秦王はおおいによろこび、私を引見《いんけん》するでしょう」

樊於期は、何の動きもあらわさず鋼《はがね》のような光を放つ、荊軻の眼をのぞきこんだ。

「そのとき、あなたは秦王を刺すのか」

「その通りです。左手で秦王の袖をおさえ、右手で胸を刺します。それで将軍の仇をむくいることができ、燕の憂いを払うことができるのです」

「あなたも、生きて帰れませんぞ」

「もとより承知のうえです。この策を私に授けた田光先生は、私を励《はげ》ますため、すでに自刃しました。私ももとより生還のつもりはありません。豪侠の道を歩み去るのみです」

樊於期は身を震わせていった。

「承知した。秦王を殺すことこそ、日頃切歯《せっし》しつつ方策を練っていたことです。私の首級は、この場でさしあげよう。あなたはどうか、目的を達して下さい」

彼は皮裘《かわごろも》の片袖をぬぎ、匕首《あいくち》を抜き放つ。

「それではお先に参る」

　樊於期は磨《と》ぎすました刃先で、首を刎《は》ねた。荊軻は噴き出す血が壁にあたる音を聞きながら、その場に立ちつくしていた。

　荊軻が樊於期の死を太子丹《たん》に知らせた。丹は駆けつけてきて、なきがらの前にひれ伏し、慟哭《どうこく》した。

　荊軻がいう。

「将軍は、族滅《ぞくめつ》の遺恨《いこん》をはらすとともに、厚恩をうけた太子のために、燕の憂患をはらおうとして、命を捨てたのです。われわれは、彼の死を無駄にしてはなりません。つぎに死ぬのは私の番だ。支度を急ぎましょう」

　丹は涙をぬぐう。

「将軍の志《こころざし》を生かさねばならぬ。あなたのいう通りにしよう」

　樊於期の首級は函《はこ》に入れ、塩漬けにして封印をした。

　荊軻が秦軍の本営に入り、将卒《しょうそつ》環視のなかで暗殺の目的を達するためには、身辺に匕首を忍ばせねばならない。諸国に聞こえた剣客である荊軻が、刀剣をたずさえ秦王政に謁見できるわけがない。

　衣服のあいだに利刃《りじん》を隠していないか、検《あらた》められるであろう。荊軻は、秦王を蹴り殺すこともできると思うが、確実な手段をとることにして、献上物のあいだに匕首をまぎれこませることにした。

丹は切れ味のいい匕首を、趙《ちょう》の徐《じょ》夫人という女性から、百金で買い求めてきて、荊軻に見せた。

荊軻は匕首を抜きはなち、ていねいにあらためていう。

「これは欠点の見つけようもない逸品です。手中にこれがあれば、立ちどころに秦王の命をもらえるでしょう」

荊軻が鏡のように磨ぎすまされた刀身に見入っていると、丹がいった。

「この匕首の刃に毒薬を染みこませるよう、工人に命じています。夕方までにできあがるので、今夜のうちに牢で試してみましょう。かすり傷をつけただけで、毒が全身にまわり、死ぬそうです」

荊軻は承知した。

翌朝、太子丹が荊軻の屋敷をおとずれた。

「昨夜、死罪になる囚人にあの匕首を試してみたが、かりすす傷をつけ、糸筋ほどの血がにじみ出ただけで死んでしまいました。これなら、仕損じることはありません」

荊軻はうすく血曇りののった刀身をあらため、かすかな笑みをうかべた。

「これで、秦王の命はわが掌中《しょうちゅう》に入ったも同然です」

荊軻は遠国にいる友人を呼び寄せるため、飛脚を出した。

それがどういう人物であるかと、丹がたずねても答えない。旅の支度がすべてととのったが、荊軻の呼んだ友人はいっこうにあらわれない。丹はしだいに気がせいてきた。荊軻が生還の望みのない刺客の役目を、ひきうけたことを悔い、心変りしてしまったのであろうかと怪《あや》しんだ。彼は、荊軻をたずねていった。

「あなたが出立される予定の日は、もう過ぎてしまいました。あなたはなにかお考えがおありでしょうか。それならば、私は秦舞陽《しんぶよう》を先に秦王の陣所へつかわそうと存じますが」

秦舞陽とは、かつて燕国の国威をおおいに発揚した、秦開《しんかい》将軍の孫である。

秦開は匈奴《きょうど》の領地に人質として、長年月滞在した。彼は蛮族《ばんぞく》の信頼を得て厚遇されたが、帰国すると東胡《とうこ》と呼ばれる部族を攻め、数千里の遠方に追い退ける大功をあげた。

秦舞陽は祖父の血をうけた勇者であるといわれており、十三歳のときに人を殺したことがある。秦開とちがい、向う見ずなだけで、自分より膂力《りょりょく》の劣る者をさいなむのを好む、残忍な性格である。

太子丹は荊軻の助手として、秦舞陽を敵陣につかわすつもりであったが、荊軻がためらうのであれば、彼を単独で派遣してもいいと考えた。

荊軻は眼をいからせ、丹に詰問した。

「秦舞陽を先につかわすとは、どういう意味でしょう。あの小僧は、出かけていったきり帰ってこないでしょう。やり損じるのは、眼に見えています。匕首ひとつを荷物に忍ばせ、天下の覇者である秦王の陣所へ入るのです。手《て》筈《はず》まちがえば、犬死にしなければなりません。私が出立の日を延ばしているのは、心を許しあった協力者の到着を待つためです。しかし、朋友はまだ到着せず、太子は私が行動をおこすのを、待ちかねておられます。すべては運命でしょう。やむをえません。舞陽とともに参りましょう」

いまは早春であった。

秦王政の母太后は前年の秋九月、月見の宴の席上、団糯《だんだ》を口にするうち、喉につまらせた。近臣、侍女《じじょ》があわてて背をさすり、侍医が鼻孔から菜醤湯を流しこみ、吐きださせようとするが、効果がなく、太后はついに息絶えた。四十八歳であった。

政は呂不韋《りょふい》、嫪毐《ろうあい》と通じた淫奔《いんぽん》な生母が亡くなると、自分でも思いがけないほどの悲嘆にとらわれ、侍女たち三十余人に殉死を命じた。

「そのほうどもは、傍《そば》にいながら、どうして太后を絶息させてしまったのか。いまとなっては、いたしかたもない。殉死してどこまでもお供をしろ」

侍女たちは悲運を嘆き、十日間号泣《ごうきゅう》をつづけた。

政は母への諡《おくりな》を帝太后として、父荘襄王《そうじょうおう》の陵のある芷陽《しよう》に、遺骸《いがい》を葬《ほうむ》る。侍女たちは「哀怨」「哀号」と泣き叫びつつ生き埋めにされた。

政は母を亡《うしな》った悲哀を忘れるため、大軍を率い、燕を席捲《せっけん》しようと兵を進めてきた。

荊軻と秦舞陽は、風の鳴り騒ぐ曇天の朝、出立することになった。

荊軻たちの旅の目的を知っている人々は、太子丹に従い、易水《えきすい》の畔《ほとり》まで見送った。丹と護衛役の二十数人の武芸者たちは、すべて白地の喪服と冠をつけている。

彼らは河畔の道祖神に祈念を捧げたのち、別杯《べっぱい》を交しあった。高漸離《こうぜんり》が筑を打ち鳴らし、朋友と永訣《えいけつ》する悲しみをこめた曲をひくと、犬殺しが声をあげて哭《な》く。太子丹も涙を誘われ、宴の席にはすすり泣きの声が満ちた。

やがて高漸離が曲を変えた。

憤怒、慷慨《こうがい》の荒々しい調べにあわせ、荊軻が高声に唱《うた》いはじめた。即興の歌詞を聴いた武芸者たちは悲壮の思いにうたれ、眼をいからせ、怒髪《どはつ》は天をついた。

歌声には深い悲しみがこもっていて、それを聞き、泣かない声はなかった。

風蕭々《しょうしょう》として易水寒し
壮士ひとたび去ってまた還《かえ》らず

宴が終ると、荊軻は馬車に身をゆだね、去っていった。

太子丹らは、しぶきをあげ易水を渡る馬車が遠ざかり、視線から消えるまで見送ったが、荊軻は一度もふりかえらなかった。

秦軍の陣所へ着いた荊軻は、秦王が咸陽《かんよう》にいることをたしかめた。

咸陽に着いた荊軻は、秦王の寵臣《ちょうしん》である中庶子《ちゅうしょし》（戸籍官）の蒙嘉《もうか》に、千金の値のある贈り物をとどけた。

「われわれは燕王の使者であります。燕王は大王のご威勢に恐れおののくばかりで、対戦をする勇気はまったくありません。いまは国の上下をこぞって大王の臣下となりたいばかりです。

他国の王侯にならい、貢《みつぎ》を献ずること秦国の郡県のようにしたいと、ひたすら願っております。燕の先王の廟所《びょうしょ》を守り、祭祀をつづけるほかに望みはありません。燕王は恐懼《きょうく》のあまり、自ら大王に真情を披瀝《ひれき》するのをはばかり、つつしんで大王に叛《そむ》いた樊於期《はんおき》の首を斬《き》り、燕の督亢《とくこう》の地図をそえ、献上するためにわれらを使者としてつかわしました。なにとぞ大王にご引見賜わるよう、おとりなしをお願いいたします」

蒙嘉は、荊軻の願いをそのまま秦王政に伝えた。

政はおおいによろこんだ。

「樊於期の首級を届けおったか。督亢は肥えた土地だ。いずれ燕の全土はわがものとなるが、献上されるなら貰《もら》いうけてやろう」

督亢は、いまの河北《かほく》省易《えき》県一帯の沃野《よくや》であった。

政は、九人の式部官による、九賓《ひん》の礼という賓客待遇の最高の儀礼で、荊軻を迎えることにした。

咸陽宮の玉座には、盛装した政が座し、百官が左右につらなる。

荊軻は樊将軍の首級を入れた函を捧げ、階《きざはし》の前に進む。督亢の地図を納めた匣《てばこ》を捧げた秦舞陽が、あとにつづく。

荊軻の従者たちは、宮殿の前庭にとどまり、二人を見送った。彼らは、荊軻と舞陽が政を殺そうとしていることを知らされていないので、殿中の盛儀を爪先立って眺める。

「やっぱり強秦の御殿は、豪勢なものだな。武陽の御殿とは桁《けた》ちがいだ」

荊軻は、しわぶきの声もたてず、玉階《ぎょくかい》の際まで左右に堵列《とれつ》する群臣のなかを、平然と歩んだ。

彼はまもなくわが生が終ることを承知している。

――つかの間の生を惜しむことはない。政を道連れにしてゆくのだ――

不敵な眼差《まなざ》しを伏せ、大股に進む荊軻のうしろで、笑うような声がした。

「何事だ。こやつはなぜ足をとめた」

「怪しい奴だ。取りおさえろ」

群臣が騒ぎだしたので、荊軻はしまったと思い、ふりかえる。

秦舞陽が足をふるわせ、立ちすくんでいる。顔は土のように血色を失い、汗と涕《なみだ》をしたたらせていた。

荊軻は舞陽の傍へあと戻りして、小声で命じた。

「立て、御前で無礼ではないか」

だが舞陽は眼前に迫った死を恐れ、喘息病《ぜんそくや》みのように喉を鳴らし、泣き声を洩らす。

荊軻は、とっさに大声で笑い、群臣に陳謝した。

「北方蛮夷《ばんい》の地からやってきたいなか者は、生れてこのかた、かようなきらぎらしい御殿に立ちいったことがなく、天子を拝んだこともないので、腰をぬかしています。大王には、どうかこの者の無礼をお許しのうえ、われらの使者の役目を果させて下されませ」

秦王はいったんは怪しんだが、ふかく疑わなかった。

燕国の使者は、二人とも剣を身につけていない。政は大剣を腰に横たえていた。

彼は荊軻に命じた。

「秦舞陽が持って参った地図を、まず見せよ」

「かしこまりました」

荊軻は樊将軍の首桶を舞陽に渡し、地図をうけとる。

彼は胸中で樊の亡魂に呼びかけた。

――将軍、あなたの仇をいま討ってみせるぞ――

荊軻は三段の玉階を昇り、跪拝《きはい》して地図を捧げた。政は匣《てばこ》から地図をとりだし、地図をたぐり、ひらいてゆく。

地図をえがいた帛布《はくふ》がひらかれてゆく。政は地図をのぞきこみ、頭が垂れて荊軻に近づく。地図に巻きこんでいた匕首があらわれた。いまだ、と荊軻は躍りあがった。

荊軻は政の鬢髪《びんぱつ》をつかむべきであったが、左手で袖をつかみ、右手で匕首をつかんで刺す。だが、秦舞陽の異様な様子に警戒していた政は、すばやく身を引き、荊軻のつかんだ袖はちぎれた。

政は剣を抜こうとするが、長すぎて抜けない。荊軻は猛然と迫った。政は鞘《さや》をつかみ、刀を抜こうとしては、目前に匕首がひらめくのにうろたえ、逃げまわるばかりである。

荊軻は飛ぶようにあとを追う。政は柱を楯に、荊軻の攻撃を避ける。

殿中を埋める群臣は、不慮の出来事にどう対処すればいいか思いつかないまま、騒《ざわ》めくばかりである。

彼らは殿中に侍するときは、寸鉄を身につけることを禁じられていた。武器をたずさえる軍人は、すべて宮殿の前庭に居並んでいたが、彼らは政の命令がなければ殿中にはいることができない。

群臣はやむなく、素手で荊軻を打ち倒そうとした。

政は荊軻の刃先を幾度か衣冠に受けたが、柱から柱へめぐり、逃げつづける。

——俺はこの刺客に殺されるのか。どうすればいいのだ——

動転する政の身に、家来たちの声がとどいた。

「王よ、剣を背負いなされ。背負いなされ」

医師の夏無且《かむしょ》が手にする薬嚢《やくのう》を投げつけ、荊軻の動きが一瞬とまった。政はその隙に剣を背にまわし、ようやく抜く。形勢はたちまち逆転した。

荊軻は左股に一撃をうけ、尻もちをつきながら、匕首を政に投げつけたが、狙いははずれ、側の桐柱に当って落ちた。

政は荊軻を幾度も斬る。八ヵ所に深手を負った荊軻は、柱に背をもたせ、両足を投げだし、殿中をゆるがせ大笑した。

「やり損じはしたが、これだけ王を脅《おび》やかせば満足だ。燕太子の恨みの幾分かははらせたようだ」

荊軻は全身を切り裂かれて殺され、秦舞陽と従者たちは、すべて斬刑に処された。

政は事件のあと、群臣の賞罰をおこなった。階下まで駆けつけた者には賞を与え、立ちすくんでいた者は罰した。夏無且には黄金二百鎰《いつ》を与えた。

「無且は余を助けた。忠誠はあきらかである」

荊軻の身許《みもと》を詳しく調べず、賄賂をとっていた蒙嘉《もうか》は国外に追放された。

事件のあと間もなく、政は趙に五万の軍勢を送り、王翦《おうせん》将軍に燕攻撃を命じた。

王翦は他国者であったが、十一年前に李斯《りし》の推挽《すいばん》によって、政に仕えた。四十六歳のときである。

ちょうど嫪毐《ろうあい》の叛逆がおこった年で、李斯は剣術と兵法に長じた王翦を招き、武芸を学ぶべきであるとすすめた。

「王は自らを守る術を学ばねばなりません。頻陽《ひんよう》の地に、剣を遣い、兵学にあかるい者がいます。この者に剣術を教わるべきでしょう」

政は同意した。

「頭に冠をいただき、腰に大剣を帯び、足に羅襪《らべつ》(絹靴下)をはいているが、いずれも飾りものだ。その者に剣を学ぼう」

政は王翦を召し抱え、剣術を習った。

王翦はいった。

「剣を遣うには、まず姿勢を正して静かに歩くことから、はじめねばなりません。首を前後左右にまわし、足腰を屈伸させるのも大事な稽古です」

刀を遣うには、必要な筋肉を養い、身ごなしを覚えこまねばならない。

政は、それまで経験したことのない動作を、毎日一刻（二時間）ずつ教えられる。王翦がするのを見ると、たやすくできそうな軽やかな動作をくりかえすだけで、全身の汗が絞りつくすほど湧き出てくる。

手足が凝り、指を触れると飛びあがるほど痛くなった。

基礎鍛錬を二十日ほどおこなったのち、政ははじめて木剣を与えられた。

「剣はやむをえない時のほかには、両手で把《つか》を持たねばなりません。片手ではどうしても動きが遅くなります。両手の小指に力をこめ、内側へ絞るように持ち、両脇を締め、腰を中心に動かねばなりません。腕だけで打っては、いきおいが落ちます」

王翦は木剣を両手で持ち、迅速に進退してみせる。

政は感心した。王翦の持つ木剣は、彼の体の一部のようであった。

「王は敵に襲いかかって斬り倒す法を、学ばれる必要はありません。ご自身を守る刀法を会得なさるべきです。それには、守頭、衛胸、護腰、禦足の四法があります」

王翦は、政に甲冑をつけさせ、あるいは平服のままで、敵の打ちこむ太刀《たち》を凌《しの》ぐ刀法を教えた。

政ははじめは王翦に打たれるがままであったが、しだいに上達してめったに打ちこまれないようになった。

一年間の稽古ののち、王翦はいった。

「これで防身の法はひと通り、体得なさいました。敵が斬りつけてくるときは、かならずこの四法を遣い、攻めかかってはなりません。攻めれば、防身の技は乱れます。攻撃は家来にお任せ下さい」

政はその後も、忙しい日常の政務のあいだに、木剣をとって近臣たちに打ちこませては、防身の四法を遣い、技を磨いた。

彼はわが刀法に、自信を持っていた。諸国を放浪する武芸者たちが咸陽にくると、政は宮殿へ招き、防身法を試みる。

武芸者は、はじめは遠慮してするどい打ちこみをあらわさないが、政を一本も打てないでいるうちに、しだいにいらだってくる。

だが、本気で打ちかかってもすべてはねのけられ、はじめて政の実力を覚《さと》らされた。政が燕からきた荊軻と秦舞陽に謁見を許したのは、腰に帯びた大剣があれば、どのような武芸者に勝負を挑まれても、危地に追いこまれることはないと信じていたからである。

ところが、荊軻の策略に乗せられ、大剣を抜く余裕もなく逃げまわり、歩を誤れば殺されるところであった。

「油断してはわが身の破滅だ。荊軻に手もとへつけいられ、刀を抜くこともできなかった。今後は自ら剣をふるうよりも、武芸者に身辺を固めさせることにしよう」

政は燕の太子丹に対する報復の作戦を開始するよう、麾下《きか》の将軍たちに命じた。

王翦は五十七歳、息子の王賁《おうほん》とともに、二十万に近い精鋭を率い、羌瘣《きょうかい》、辛勝《しんしょう》将軍の軍勢十二万と協力し、易水の西方で燕軍と撃突し、大勝を得た。

年があけた西紀前二二七年、秦軍は、燕の副都薊《けい》（北京）の攻略をはじめた。王翦を主将とする秦軍は河北の保定から押し寄せる。前年の秋、秦軍に大敗した燕軍は、太子丹のもとに集結した。

残兵六万、戦車一万台を擁する燕軍の戦力は侮《あなど》れなかった。

南北併呑

西紀前二二六年三月、三十四歳の秦王政《しんおうせい》は、燕《えん》を包囲していた諸軍に、燕の首都薊《けい》（北京）の攻略を命じた。

主力は王翦《おうせん》将軍の率いる十万の軍団である。右翼には王翦の子王賁《おうほん》の八万、左翼には羌《きょう》瘣《かい》将軍の七万が合流した。

王翦は頻陽《ひんよう》（陝西《せんせい》・富平《ふへい》の東北）の東郷《とうきょう》の出身である。弩《ど》の名人で政に仕《つか》え、十年前、趙《ちょう》の閼与《よよ》（山西《さんせい》・和順《わじゅん》の西方）を攻め、九城を陥《おとしい》れる軍功をあげた。

さらに三年前にふたたび趙《ちょう》を攻め、一年余のうちに趙王を降服させ、その全土を秦の郡とした。

名将といわれる王翦は五十七歳、老練《ろうれん》な戦略は、常に敵の弱点をつく。

秦軍の全兵力は百余万、戦車は千台、軍馬一万頭をそなえている。山東六国《りっこく》の兵は甲冑《かっちゅう》に身をかため戦場に出るが、秦の歩兵は白兵戦《はくへいせん》になると甲《かぶと》をぬぎすて、素足で肌をあらわにし、敵にむかった。

秦兵と山東の兵が戦えば、壮漢《そうかん》が嬰児《えいじ》を相手にするようであるといわれた。

荀子《じゅんし》はかつて、斉《せい》、魏《ぎ》、秦の兵士の勇姿《ゆうし》について、つぎのように語った。

斉では、武芸を重んじる。敵の首級《しゅきゅう》を取れば、然るべき褒美《ほうび》をやるが、それだけのことで、位階をあげるなど、身分についての配慮をおこなわない。

このため、兵士たちは恩賞稼《おんしょうかせ》ぎにはたらくだけで、弱敵には襲《おそ》いかかって首級をとるが、強敵があらわれると、鳥がいっせいに飛び立つように逃げてしまう。

これでは日《ひ》傭《やと》い人足を寄せ集めているのと同様で「亡国《ぼうこく》の兵」というべきである。

魏は体力すぐれた者を兵士に採用する。重い甲冑をつけ、十二石《せき》（約三二〇キログラム）のつよさの強弩《きょうど》を持ち、矢五十本を箙《えびら》に持ち、戈《か》をたずさえ、剣を腰にして、三日分の食糧を持たせ、一日に百里（約四〇キロ）を走らせる。

この試験に合格した者は、年貢を免除され、住居と田畑を与えられる。

しかし、このようなきびしい試験に合格する者の数はすくなく、いったん兵士となって年数がたつうちに体力が衰《おとろ》えてきても、免職にするわけにゆかず、貢納が減少するばかりである。これは「危国の兵」である。

秦では人民の支配が情知らずの法規によっておこなわれている。国民は国の命令に服従しなければ、おそるべき刑罰をうける。

彼らの生活向上の手段はただひとつ、国のために戦い、手柄をたてることだけである。

すなわち、敵五人の首を取った者を、郷里の五人組、十人組の長に任命する。

このような方針をつらぬいてきたため、兵力は減ることがなく、税金も減らない。

秦が四代にわたり、精強を誇ってきたのは当然である。

秦軍の前衛《ぜんえい》は、歩兵部隊である。そのあとに騎兵部隊、第三陣は戦車と歩兵で構成された主力部隊で、さらにその後方に後衛の歩兵部隊が配置された。

歩兵は遭遇《そうぐう》戦を弩の射撃ではじめる。騎兵、戦車が突撃《とつげき》するのは、たがいに入り乱れての白兵戦になったときである。

歩兵のたずさえる弩は、現代の競技に用いるアーチェリーが張力一八キログラムであるのにくらべ、標準型のもので一六〇キログラム、剛弓《ごうきゅう》は三〇〇キログラムに達した。構造は現代のクロスボウと呼ばれるものと同様で、発射装置、照準器は金属に納められ、弩の本体にとりつけられている。

弦《げん》を引く方法は、手で引く、足で弩を踏んで引く、腰をつかって引く三法があり、足をつかうときは、本体の先端にとりつけた鐙《あぶみ》に爪先を入れた。

静止した目標に対する有効射程は三六〇メートル。命中率は五割以上が基準とされた。動揺する目標は、一五〇メートル以内に接近したときに狙撃する。

兵士たちは、弦が切れ、伸びきったときの交換のため、数本の弦を持っている。矢は、三十数センチの木製で、二センチほどの青銅の鏃《やじり》がついていた。

弩は弓よりも初速が早く、命中率が高い長所があるが、戦闘がはじまり移動する目標を狙うときの有効射程一五〇メートルであるのに対し、矢を装填《そうてん》し発射するまでに約十五秒を要するのが、欠点であった。

最初の射撃のあと、つぎに発射するまでに、敵の騎兵部隊が突入してきて蹴散らされる危険がある。

この欠点を補《おぎな》うため、狙撃兵を幾隊かに分け、交互に射撃させる。あるいは弩を張る者、それを射手に渡す者を置き、間断《かんだん》ない射撃をおこなえる隊形をとる場合もあった。

王翦《おうせん》将軍ら秦軍二十五万は、薊の北郊に布陣した燕軍六万と、対峙《たいじ》した。

燕軍は前年の易水《えきすい》の合戦で、潰滅《かいめつ》寸前まで追いつめられていたが、太子丹《たん》の采配は巧みで、秦軍は戦死者一万五千の損害を強《し》いられた。

燕は兵力において、秦軍の四分の一以下であるが、戦車一万台を擁《よう》しており、接戦となったときの破壊力は侮《あなど》れない。

王翦は、全軍を展開させ、燕軍の包囲態勢をとった。敵軍が動く気配をあらわせば、一挙に襲いかかり、全滅させるのである。

太子丹は全軍に円陣をつくらせ、鉄壁《てっぺき》の防御《ぼうぎょ》態勢をとっている。うかつにしかければ、大損害をうけかねない。

連日、北西からの烈風が黄砂《こうさ》をはこんでくる。日暮れまえになると、轟々《ごうごう》と天地を鳴りどよもす烈風が、陣営の幕舎《ばくしゃ》を吹き飛ばさんばかりに荒れ、空中に砂塵《さじん》がたちこめた。

丹の軍勢は、動きをまったくひそめ、戦車の群れは集結したままで、ときどき巡邏《じゅんら》の人馬が姿をあらわすのみである。

王翦《おうせん》は王賁《おうほん》、羌瘣《きょうかい》が、先制攻撃をすすめるのを聞かず、三日を過ごした。丹の陣営では旗幟《きし》を立てつらね、さかんに炊煙《すいえん》をあげている。

遠征に慣れた秦軍は、兵站《へいたん》を整備しているので、長期の滞陣《たいじん》になっても不安はなかった。

炊事をおこなう厨夫《ちゅうふ》、庖夫《ほうふ》、生馬を飼う秣夫《まっぷ》、弓矢を製造する弓工《きゅうこう》、箭工《せんこう》、剣、戈、鉄槌、斧鉞《ふえつ》などの武器を修理する冶工《やこう》がいる。

伝令役をうけもつ疾足徒《しっそくと》、雑役をする徴挙徒《ちょうきょと》も従軍している。

対陣して四日を過ごしたとき、王翦麾下《きか》の部将李信《りしん》が、本陣にきてすすめた。

「このまま戦機を待っていては、士卒《しそつ》の気勢《きせい》が衰えます。私は明日の夜明けまえに、燕太子の本陣へ斬《き》りこみます。それをきっかけに、全軍に突撃を命じて下さい」

王翦もまた燕軍のしかけを待つことなく、一気に先制攻撃をおこなうべきであろうと考えていたので、李信の進言をうけいれた。

「いいだろう。一万の戦車と戦えば、被害は出るが、やむをえない」

王翦は全軍に合戦支度を命じた。

李信は砂嵐の吹き荒れる夜明けまえ、戦鼓を打ち鳴らさせ、六千の騎兵隊を率い敵陣へ突撃した。

太子丹は、前日のうちに占者汲得《きゅうとく》の立てた卦《け》に従い、出陣を決めていた。彼が全軍を出撃させようとした矢先に、秦の騎兵隊が押し寄せてきたので、猛然と反撃した。

丹は円陣の中央に、自分の偽妄士《ぎぼうし》（かげ武者）を乗せた陣車《じんしゃ》を置き、大将の所在を全軍に示す赤旆《せきはい》を立てさせた。

偽妄士は、秦軍に捕えられても、太子丹として死ぬのである。

丹は、占者とともに陣車のひとつに身を潜ませた。秦軍騎兵は喊声《かんせい》をあげ、二手に分れ肉迫する。

たがいに弩を放ち、死傷者が続出するなか、騎兵隊は左右から敵の円陣を崩し、白兵戦に誘いこんでゆく。秦の全軍が、明けそめた空に喊声をとどろかせ、燕軍に襲いかかる。

燕の戦車は迫ってくる秦軍の人馬に、眼つぶしの砂袋を投げつける。敵味方入り乱れての乱戦になると、槍、戟、鉞《えつ》、朴刀をふりかざした秦兵が、手柄を立てようと宙を飛んで敵影に殺到した。

歩兵の護衛《ごえい》のない戦車は、秦兵の大群に包囲され、馬を倒されると戦闘力を失い、乗員は乱刃《らんじん》のもとに息絶えた。

李信は麾下《きか》の千騎を討たれ、五千騎を率い、太子丹の座乗する陣車を追跡した。

赤旆をひるがえす大将車は、三千ほどの戦車に護《まも》られ、北方へ逃れてゆく。

李信に協力する秦兵の人数はしだいにふえ、太子丹を護衛する戦車は、はり鼠《ねずみ》のように矢を浴び横転する。

李信はひたすら赤旆の大将軍を追跡した。俊足の騎兵の一団が大将軍の隊を追い越し、行手をさえぎる。

大将軍は北方へ走っていた方向を西へ転じ、衍水《えんすい》に駆け入ったが、馬が急流に足をとられ、動けない。

大将につづく四台の戦車には、親衛隊の武芸者二十数人が乗っていた。彼らは声をからせて叫ぶ。

「太子、川に入られよ。向う岸へお逃げなされ」

彼らは甲冑、武器を捨て、太子を取り囲み、河中に入ったが、急流に身動きがとれなくなり、浅瀬で立ち往生をした。

満身に返り血を浴びた李信が追いつき、太子丹の偽妄士に声をかけた。

「そなたは太子丹ですか」

偽妄士は顔色が蒼白となったが否定せず、黙ったまま横をむいただけであった。

「太子丹を生捕《いけど》ったぞ。燕はもはや滅亡したのも同様だ」

李信たちは凱歌《がいか》をあげ、偽妄士と武芸者たちを護送して本陣に帰還した。

王翦は偽妄士を引見して、丹ではないと知ったが、表情を変えることなく上座に座らせ、うやうやしく話しかけた。

「太子が虜《りょ》となられたのは天意によるもので、やむをえません。ご武運つたなきことにご同情いたします。秦王には、太子を丁重《ていちょう》に処遇せよと私に申しつけておりますので衣食については何事もご遠慮なくお申しつけ下さい」

偽妄士は安心して、護衛たちとひきさがった。

王翦は心中で考えた。

――あれはたしかに丹に顔立ちが似ている。声もそっくりだが、髪が薄く、眼光《がんこう》に威厳《いげん》がない。偽者であるのはまちがいないが、今日の戦いで一万ほどの戦死者を出したから、いったん引き揚げねばならない。人馬が疲労《ひろう》したまま、敵地に長く滞在するのは危険だ。

あいつを太子丹ということにして、凱旋《がいせん》しよう――
偽妄士を生かして連れ帰れば、秦王政はたちまち見破るにちがいない。途中でなんらかの理由をつけて殺し、その首を持ち帰ろうと王翦は考えた。

王翦は羌瘣《きようかい》将軍の七万の軍勢を薊《けい》に駐屯させ、子の王賁《おうほん》とともに秦の咸陽《かんよう》へむかった。

途中、易水《えきすい》を渡ったとき、彼は本陣に偽妄士と二十余人の武芸者を呼んだ。

夏のさかりで、目もくらむような陽《ひ》が照りつけている昼さがりであった。

王翦は偽妄士たちにいった。

「毎日炎暑《えんしよ》で、さぞ耐えがたいことでしょう。今日は上酒が手に入りましたので、酒盛りをして暑さを凌《しの》ぎましょう」

王翦は彼らに黍稷酒《しよしよくしゆ》をふるまった。

偽妄士たちはよろこんで大杯を傾ける。

「これは格別の味わいです」

「それはなによりです。どうぞご存分にお過ごし下さい」

王翦が平然と応対するうち、酒に入れておいた烏頭根湯《うとうこんとう》の猛毒《もうどく》が効《き》いて、偽妄士たちはすべて虚空《こくう》をつかみ、絶命した。

王翦は偽妄士の首を塩漬けにして、桶《おけ》に納め、咸陽に持ち帰った。

彼は咸陽宮に伺候《しこう》して、政に偽妄士の塩漬けの首級をさしだす。政は首級をするどい目で見ていたが、やがてうなずいた。

「太子の首級に相違ない。しかし髪が薄くなったものだな。四十に近い年頃であるためか」

王翦はすかさず答えた。

「連日の炎暑で、腐《くさ》らせてはならぬと思い、濃い塩で漬けたため、髪が抜け落ちたのでございます」

「丹を成敗《せいばい》したのはめでたい。燕国はもはやわがものだ」

咸陽宮では戦勝と祝宴《しゅくえん》が五日間にわたっておこなわれ、王翦たちは莫大《ばくだい》な恩賞《おんしょう》にあずかった。

戦場を脱出した太子丹は、七百の戦車と五千の歩兵をともない、ひたすら東方をめざして逃走した。

丹は占者の汲得《きゅうとく》の卦《け》によって、渤海《ぼっかい》をのぞむ碣石《けっせき》山の東に足をとどめたが、まもなく秦兵一万が押し寄せたので、さらに東北の遼西へ逃れた。

九月のはじめ、咸陽では五日間大雪が降りつづき、深さが二尺五寸に達した。秦王政は、雪雲が去り、陽が照りわたると眩《まぶ》しくかがやく白雪を眺めつつ、廷尉《ていい》（最高裁長官）の李《り》斯《し》にたずねた。

「貴公の故郷では、このように雪の降ることがあるのかね」

楚の上蔡《じょうさい》出身である李斯は、燕を撃破した政が、つぎに併呑《へいどん》をめざすのは楚国であると察していった。

「楚の国は、気候が温暖であります。北方では十年に一度ぐらい降雪を見ますが、積もるほどではありません。楚の南の閩越《びんえつ》の辺《あた》りでは雪を知らず、年中温かいので、住民は衣食住を思いわずらうことなく、豊かな産物に恵まれ、あくせくはたらきません。そのため自然に怠惰《たいだ》な日常を送って、仕事にはげむ美風を失い、学問をする者もすくない有様《ありさま》です。楚では、閩越の百戸は、わが楚の三戸にも劣るといって、見下げています」

政は李斯の言葉に心を動かされた。

彼は燕の太子丹を攻め、大功をあげた李信を呼び、たずねた。

「余は楚を攻略し、その南の閩越をも領土としたい。そのほうの見込みでは、どの程度の規模の兵団を動かせば、併呑できようか」

李信は政と同年の、気鋭の将軍である。彼はためらわず答えた。

「楚は広大ですが、兵二十万をもってすれば征服は可能です」

政は王翦《おうせん》におなじことを聞いてみた。

王翦は答えた。

「兵六十万がなければ、楚の政略は不可能です」

政は思った。

——王翦も年老いたものだ。まったく覇気《はき》を失ってしまった。李信は勇壮にして果断でである。彼の言を用うべきだ――

政は李信、蒙恬《もうてん》の二将を登用し、兵二十万を与え、楚を攻撃する準備をととのえさせた。李信、蒙恬は、政と同年であった。

蒙恬《もうてん》の先祖は斉《せい》の人である。彼の祖父蒙驁《もうごう》が秦にきて昭襄王《しょうじょうおう》に仕え、上卿《じょうけい》となった。蒙驁は西紀前二四九年、秦軍を率い韓《かん》を攻め、成皋《せいこう》、滎陽《けいよう》を占領し、三川郡《さんせんぐん》とした。翌年、蒙驁は趙《ちょう》を攻め、三十七の町を征服した。

西紀前二四四年、蒙驁は韓に侵入し、十三の町を奪う。さらにその二年後、魏《ぎ》の二十の町を占領し、東郡を設けた。

その二年後、武勲赫々《ぶくんかくかく》たる蒙驁将軍は卒去《しゅつきょ》した。

蒙驁の子蒙武《もうぶ》は、王翦とともに楚を攻め、大功をたてた。蒙武の子蒙恬《もうてん》は刑法を修め、裁判文書を扱う官僚となっていたが、このような家柄によって将軍に任命されたのである。

秦の国内は、商鞅《しょうおう》以来の完璧な法治制度によって、強靭《きょうじん》な官僚組織で統治されている。富国強兵の方針が、あまねく国内にゆきわたっているので、政は後顧《こうこ》の憂《うれ》いなく、諸国攻略に全力を傾けることができた。

秦の法治制度が、どれほど徹底していたかを示す証拠として、一九七五年に秦代の墓から発見された、千百五十五枚の竹簡《ちくかん》がある。

発見された場所は、湖北省武漢《こほくしょうぶかん》の北西七〇キロの雲夢県睡虎地《うんぼうけんすいこち》と呼ばれる集落である。北京と広州をむすぶ鉄道の沿線である線路の脇から湧水《ゆうすい》があるので、排水路をつけることになった。

雲夢県は、昔は楚の領域で、秦に占領されてのち南郡と呼ばれた。至るところに遺跡があるので、工事は役人が立ちあい慎重に進められた。

その辺りは秦代の墓地であり、十二の墓が発掘され、多数の土器、青銅器が出土した。十一号墓を発掘し、棺《ひつぎ》の蓋《ふた》をあけると、おびただしい竹簡があらわれた。そこに記された文字は、二万字を越えていた。

幅が五ミリから七ミリ、長さが二三センチから二五センチの竹簡を解読することによって、棺に葬《ほうむ》られているのは、姓は不明であるが名を喜《き》という男性であることが分った。

喜は長江の支流漢水《かんすい》に近い南部鄢《えん》県（湖北《こほく》省宜城県）で始皇三十年（西紀前二一七）に亡くなった官吏であった。生年は昭王四十五年（西紀前二六四）で、四十七歳のとき病死した。

彼は南郡安陸県（雲夢《うんぼう》県）の令史《れいし》、鄢《えん》県の治獄《ちごく》を歴任した。遺骸《いがい》は故郷安陸県へ運ばれ、埋葬された。

秦王政の三年（西紀前二四四）に二十歳で史となり、六年に安陸県令史、七年に鄢県令史となり、同年十二月に同県治獄に転任した。二十四歳から亡くなるまでの二十三年間、監獄の役人としてはたらいたのである。

おびただしい竹簡は、幾種類かに分類された。『編年記』には秦の昭王元年から始皇三十年に至る、約九十年間の年表で、喜の履歴《りれき》がつけくわえられている。

『語書』は、官吏の守るべき道を説いたものである。

「良吏は法、律、令にあかるく、事の裁決に失敗はない。悪吏は法、律、令にくらく、事務の判断に迷い、清廉潔白《せいれんけっぱく》でない。

県令は年々の天候、作柄を報告する義務があり、転任のときは後任者にかならず『効』を渡さねばならない。住民が公器を亡失《ぼうしつ》すれば補塡《ほてん》し、罰金を徴集できないときは、月俸からさし引かれる」

効とは、物品の在庫調査表である。

効についての罰則規定は、つぎの通りである。

「雨漏りによって穀物が腐敗《ふはい》し、野積みするうちにいたんで食用にできなくなった場合、その量が百石《ひゃくせき》以下であれば官府《かんぷ》の役人を譴責《けんせき》する。

百石以上、千石以下のときは、官府の役人から罰金一甲を徴する。千石以上のときは罰金を二甲とし、官府の役人と郡吏に損害を弁償させる」

『秦律雑抄《しんりつざつしょう》』という律文集のなかには、軍律が多い。

「敵に屈服することなく戦死した者は、嗣子《しし》に爵位《しゃくい》を与える。後日、本人が戦死していない事実が判明すれば、子の爵位を剝奪《はくだつ》し、伍人（五人組）を処罰する」

刑事事件の報告書は「爰書《えんしょ》」と呼ばれる。その書式がいろいろ記されている。牛馬の盗賊を捕縛《ほばく》した者、銭を偽造した者を捕えた報告書、従順でない奴婢《ぬひ》を他に売り渡す手続書、足斬《あしきり》の刑をうけ蜀《しょく》に流罪《るざい》になる男の護送《ごそう》手続、癩病《らいびょう》患者の診断書、路傍《ろぼう》に倒れていた他殺屍体《したい》の検視書《けんし》、縊死屍体《いししたい》の検視書。

盗難現場の報告書、流産した妊婦の診断書、差押えの報告書もある。

法律解釈の文書がある。

「夫が銅銭千銭を盗み、三百銭を妻のもとに隠した。妻は処罰されるか。妻が事情を知っていれば処罰し、知らないときは罰しない」

「罰金刑を受けた者などは、定められた日に支払わねばならない。払う銭のない者には、労役を課する。一日の労役は八銭、役所から食事を与えられた者は、六銭である」

「刑事事件の訊問《じんもん》は、口述するところを調書にまとめておこなえ。拷問《ごうもん》せず、真実を告白させるべきである」

「穴盗《けっとう》」と題された、窃盗《せっとう》事件の調書がある。

「あるところの士伍《しご》の乙が、盗難を届け出た。

昨夜、衿《えり》つきの綿服を一着、居間の隣室に置き、戸をしめ、居間で妻の丙と寝ました。今朝起きて服を着ようとすると、隣室に穴があき、服がありません。

穴を掘ったのが誰か、何人でやったのかは分りません。ほかに失った物はありません」

届出によって、令史某《なにがし》は部下の某、近所に住む村役人の丁とともに、乙の家に出向き、穴をあけられた部屋を調べた。

その部屋は寝室の東側で、寝室と同様、南向きに戸がある。部屋の奥がいくらか高い台になっており、その中央に穴があいていた。

穴は台の真上にあり、幅二尺五寸、高さは二尺三寸、豚の潜《もぐ》り穴ほどである。幅広の鑿《のみ》を使った形跡があり、刃の幅は二寸半ほどである。砕《くだ》いた壁土は、台のうえに積っていた。犯人は外から穴をあけ、壁土を崩して侵入したものので、膝と手の跡が六ヵ所ずつある。

外の地面に残った草履《ぞうり》の跡は四つあり、長さは一尺二寸、爪先は四寸、土踏まずは五寸、踵《かかと》は三寸である。かなり古びた草履である。穴をあけた部屋の北側に、高さ七尺の土塀があり、塀の外は道路である。

塀は建物から一尺離れている。部屋の東側の五歩離れたところの濠に、あたらしい欠損部分があり、足をかけたと見られる跡があるが、足跡は計れない。

附近の地面は固く、足跡が残っていないので、盗賊の人数、逃げた方向は分らない。

乙は令史の問いに答えた。

「服は今年の二月に新調しました。五十尺をつかい、裏地は絹で、綿五斤を入れ、縁飾りは繆絵五尺です。

盗人が何人であるか、忍びこんだのが深夜か明けがたか、分りません。思いあたる者もいません」

村役人と隣人たちに問うと、つぎのように答えた。

「新しい縁取りをした服を、乙が持っていたのは知っています。裏地が絹であったか、どのようにして盗まれたかは知りません」

令史は、この見聞にもとづき、服の値段を算定した。

盗賊が捕縛《ほばく》されたとき、盗品の価格によって量刑が変るためであった。

このような調書が、二千二百年以上まえにつくられていたのは、おどろくべき事実である。

秦の法治は、想像よりもはるかに合理的で、公平に運営されていたようである。

秦王二十二年（西紀前二二五）正月、政は楚《そ》討伐の軍勢を進発させた。李《り》信《しん》、蒙恬《もうてん》は、各十万の兵を率い、東西に分れ敵地に侵入した。

政は遠征軍の編成にあたり、新制を採用した。敵に対し、機動力のある対応ができるよう、軍旅《ぐんりょ》の組み替えをおこなうのである。

最小の単位は伍で、伍が二十で百人が一隊となる。五隊が集まって旅《りょ》となる。

旅は歩兵戦闘集団で、剣、戈《か》を使う者、飛《ひ》鉤《こう》、飛《ひ》鎚《つい》を使う者、弩《ど》の射手の三種の兵に分けられている。飛鉤は長さ約六メートルの縄につけられた鉤《かぎ》で、敵の荒武者をからめとるのに用いる。

旅には騎兵隊、鼓笛隊、工役隊、軽車隊、重車隊、輜《し》車《しゃ》隊、犬、鶏、鳩をともなう犬牙《けんが》、鶏冠《けいかん》、鳩民《きゅうみん》の隊、医薬、卜占《ぼくせん》隊をあわせ、総勢二千五百人を師《し》と称した。

師の長は前都《ぜんと》尉《い》、旅の長は後《こう》都尉と呼ぶ。

師が五つ集まり、一万二千五百人になった軍勢を軍と称し、その指揮者を旂将《きしょう》と呼んだ。

旂は旗竿《はたざお》のうえに鈴をつけた旗の意である。旂将の上官が、全軍の指揮をとる上将である。

　李信と蒙恬は、十万ずつの軍を率い、出陣した。

　楚軍は縦横に撃破された。緒戦は向うところ敵なく、李信は平輿《へいよ》、蒙恬は寝丘《しんきゅう》という要地を攻略した。

　李信は、城父《じょうふ》という町に進攻している蒙恬の軍に合流するため、西へむかう途中、香山という山の麓《ふもと》で野営をした。

　その辺りには澄みきった湧水《ゆうすい》が豊富で、台地であるため周囲を遠望できる。

　だが、占者が第四師の前都尉に告げた。

「この最中に、あのような牛相の雲があらわれているのは、凶相にちがいありません。楚軍が大反撃に出る兆候です。いまは一刻も早く、蒙恬将軍の軍勢と合流を急ぐべきです」

　前都尉は、進言を聞き流した。

「俺は鶏骨で占ったが、吉兆が出た。ここは東南がひらけて遠方まで見通せる。北西は丘《きゅう》壑《がく》がつらなり、宿営《しゅくえい》の適地である」

　日が暮れてのち、他の占者が注進した。

「北方の常山《じょうざん》の天上に、赤く光る星が出ました。これは敗軍の禍《か》を示すものです。ただちに陣所《じんしょ》を変えねばなりません」

　だが前都尉《ぜんとい》はこんども応じなかった。

「この寒夜《かんや》に、楚の弱兵が攻めてくるはずもない。猿ほどの知能しか持たない奴らの反撃を、心配することはない」

まもなく一番鶏が啼《な》いた。

不寝番《ねずばん》の兵士たちは、その声に聞き耳をたてた。

「啼き声が、なにかを怖れるように震えている」

まもなく犬牙《けんが》隊の犬が、吠え猛《たけ》りはじめた。兵士たちが何事かおこるのではないかと身構えるうち、頭上から笛のような物音が近づいてきた。

李信の軍勢が空を見守るうち、第四師と第五師のうえに、竹槍が雨のように降りそそいできた。

一瞬のうちに前都尉二人、後都尉《こうとい》五人が戦死、兵卒の死者は四千人に及んだ。秦軍は弩弓を放ち反撃したが、楚軍の陣営に届かなかった。

伝令が李信の本営に駆け入ったとき、楚軍はすでに南方へ退却していた。

李信は旂将《きしょう》を召集して、楚軍の追撃を命じた。

「まえに楚の内情を調べさせた間者《かんじゃ》が、楚軍は巨大な物見台か床子《しょうし》(発射台)のようなものを、数百こしらえていると注進してきたが、それが飛竹槍の床子であったのか。ただちに南と東に全軍を分ち、楚軍を捜索せよ」

李信の軍団は二日のあいだ楚軍を追及したが、無駄であった。

李信は百羽の伝鳩を放って、咸陽宮に敗北を知らせた。

伝鳩の足に結えた赤竹筒には、「死四」の二文字が記された。政は兵四万を失ったのであろうと落膽《らくたん》したが、伝令の通報により、四千の損害と知らされた。彼はいう。

「いままで伝鳩の声が、克苦《こっく》、富福《ふふく》と聞えたが、いまは滅福、多難と聞えるわい」

政は楚の攻略をあきらめ、魏《ぎ》に攻めいることにして、占者に攻撃の是非をはかった。

天神を占う天一家は、答えた。

「小吉であります」

木火土金水の五行を占う者は大吉、善悪十二神を占う者は大凶であるという。

暦家は小吉といい、太一星を占う者は大吉との卦《け》を立てた。

三日の論議を経て、神亀《しんき》の占いをたてると、攻撃の時機は孟春《もうしゅん》（初春）であるとの卦が出た。

政は王賁《おうほん》将軍に十軍、十二万五千の兵を預け、魏の攻略にむかわせた。

王賁は、魏の大梁《たいりょう》（河南省開封市《かいほう》）に進撃した。

魏軍はそれまでしばしば秦軍と戦い、敗北をかさねていたので野戦を避け、首都大梁にたてこもった。

王賁は、大梁の北を流れる大河（黄河）の岸辺に立ち、大梁城を水攻めにする計略を思いたった。

彼は全軍に命じ、大梁城を三重に包囲させ、三万の人足を三日ごとに交替させ、大梁城から大河まで、幅十二間の溝を掘らせた。

掘った土石によって、大梁城の東、南、西に堤を築く。

城内からその有様を眺めていた魏王は、水攻めにされたときは、水上に船を浮べて逃げようと覚悟をした。

楚国攻略

灼《や》けるような七月の陽ざしの照りつける大梁《たいりょう》の沃野《よくや》に十万の秦《しん》軍が宿営をつらねていた。湯のような熱気は地上を覆《おお》い、陽炎《かげろう》をゆらめかせている。陽炎のなかで、まぶしく白光を放つのは、秦兵の武器、戦車の金具である。

大梁城を包囲する秦軍の将、蒙恬《もうてん》と王賁《おうほん》は、五十里離れた黄河から城壁まで水を導く水路を、ようやく完成させようとしていた。

蒙恬が三百台の牛車に積んできた板と、三千挺《ちょう》の鋤《すき》によって、湧水《ゆうすい》の多い噴《かい》という土地の難工事が、はかどったのである。

水路に沿い、犬を連れた軍兵が昼夜の警戒にあたっている。夜のうちに大梁城から魏《ぎ》軍の兵が忍び出て、水路を破壊するおそれがある。

大梁の城内にたてこもっている魏軍は、魏王王假《おうか》のもとで、最期の一戦をこころみようとしていた。城壁に旗幟《きし》がひるがえっているが、軍兵の動きはすくない。

時鐘《じしょう》の鳴る澄んだ音が城内で聞えると、弩《ど》をたずさえた巡邏《じゅんら》の一隊が、城壁のうえを移動する姿が見えるが、秦軍は矢を射かけなかった。

まもなく黄河の奔流《ほんりゅう》が水路を通って城壁に激突し、崩壊させる。城が水没するまでに、魏軍は降伏するにちがいない。

蒙恬《もうてん》は水路を見下ろす丘の木蔭で、軍兵たちの作業を眺めながら、王賁《おうほん》に話しかけた。

「魏の国も、尉繚《うつりょう》を秦王さまに召《め》し抱《かか》えられたのが、衰運《すいうん》にむかうきっかけだったな」

「その通りだ。尉繚は秦王さまのお傍から離れようとしても、どうしても離れられなかったんだ」

秦王政が二十三歳であった西紀前二三六年、大梁の策士《さくし》尉繚が咸陽《かんよう》にきて、政に謁見《えっけん》して今後の方策《ほうさく》を説《と》いた。

「秦はいま、強大な戦力を備えるに至りました。諸侯はもはや対抗できません。いずれも郡県ほどのひよわな国力ですが、彼らが合従《がっしょう》して力をあわせ、秦の不意をついてくるときは、警戒を要します。

かつて晋《しん》の智伯《ちはく》、呉《ご》王夫差《ふさ》、斉《せい》の湣《びん》王が、諸国にぬきんでた国力をそなえながら亡びたのは、そのためです。大王は財物を惜しまず散じ、諸侯の重臣たちに賄賂《わいろ》を贈り、彼らが協力しあい秦を攻める態勢を崩して下さい。およそ三十万金ほどを散じるだけで、諸侯は大王のもとに膝を屈することになるでしょう」

鋭敏《えいびん》な感覚をそなえた政は、何の地位もない無名の外国人である尉繚の進言を聞きのがさず、うけいれた。

政はその後、尉繚と会うときには対等の礼をおこない、目下《めした》の者にむかう態度を示さなかった。

尉繚にわが衣服とおなじ服装をさせ、飲食も同様にさせ、賓客《ひんきゃく》として手厚く待遇する。

尉繚は、咸陽で年月を過ごすうち、知人にいった。

「秦王は鼻が高くて、蜂のような形をしている。眼は切れ長で、鷙鳥《しちょう》（鷹）のような胸の形だ。声は豺《さい》（山犬）の吠えるようで、情愛はうすく、虎狼《ころう》のように残忍《ざんにん》な心の人だ。窮《きゅう》しているときは、平然と下手《したて》に出て相手の機嫌をとりむすぶが、志を得て成功すれば、人を軽んじ食いものにしてはばからないだろう。私は無位無官《むいむかん》だが、彼は私に会うとき、へりくだって応対する。

秦王が天下を取れば、天下の人々はすべて彼の虜《とりこ》になってしまうだろう。ともに久しくつきあえば危険な男だ」

尉繚は逃げ去ろうとしたが、政はそれを許さず、尉《い》という高級武官の位に任じ、李斯《りし》に協力させ、国政をゆだねた。尉繚は秦の基盤をかためる計策をたて、おおいにはたらいた。

蒙恬には、尉繚が政のもとから逃亡しようとした気持ちが、理解できた。政には、天下統一の目的を達成することだけが生きがいであった。そのためには、彼はあらゆる感情を抑制できる。その冷静な自制心は、いったん立場を変えれば底知れない狂暴《きょうぼう》な征服欲に一変するのである。

蒙恬は、公子扶蘇《ふそ》がすなおな性格であるのを、ひそかに憂慮《ゆうりょ》していた。秦王の位に就《つ》けば、私情をおさえ鬼のように残酷《ざんこく》なふるまいをしなければならない決断を迫られることが、しばしばおこるだろう。

数日後の朝、水路の堰《せき》を切って黄河の水を通した。泥水は奔騰《ほんとう》して蛇《じゃ》のように五十里を走り、大梁城《たいりよう》の城内に当ってしぶきをあげた。

城内に浸水して、魏王が降伏したのは、それから三日後であった。

魏を滅亡させた秦王政は、楚《そ》を攻める遠征軍の戦備を急いだ。前年の遠征で、李信《りしん》の軍《ぐん》旅《りよ》が甚大《じんだい》な損害をこうむった大弩を、数千挺製作した。

大弩は床子《しようし》（発射台）に、三つの大弓を載せたものである。弓は三十人で張り、弦《げん》を引くのは、鉄鉤《てつこう》のついた縄と、ハンドルのついた絞車《こうしや》と呼ぶ捲《ま》き取り機を用いる。

引きしぼった弦は、牙《が》という留め金にかけ、発射するときは棒で牙を叩いて弦をはずす。

大弩は矢をつがえ、発射するまでの時間が長く、固定目標しか狙《ねら》えない欠点があるが、有効射程は三〇〇メートル、城壁、戦車など大型の目標に対する破壊力はすさまじかった。

大弩の使う矢は、長さ、太さが槍にひとしく、矢羽根は鉄でつくられていた。

城攻めに使う矢に、踏蹶箭《とうけつせん》というものがあった。城壁に打ちこめば、攻城の兵士たちがそのまま足場に使える、棒杭《ぼうくい》のようなものである。

斗《とう》という鉄製の筒《つつ》に数十本の矢をいれて大弩で射ると、鴉《からす》が群れだって飛ぶように敵軍の頭上にむかうので、寒鴉箭《かんあせん》と呼ばれる兵器がある。

李信の軍勢は、斗の集中射撃をうけたのであった。

秦軍では、箱型の車体のなかに大弩を装備させる、新型の戦車もこしらえた。それには照準機、射角を変える装置もととのっていた。戦車には車軸《しやじく》のギアを切りかえることによって、坂の登降《とうこう》を敏速におこなわせる工夫もほどこされた。

城攻めに使う塡壕車《てんごうしゃ》、雲梯《うんてい》、轒轀車《ふんおんしゃ》、衝車《しょうしゃ》、塞門刀車《さいもんとうしゃ》もそれぞれ数多く製造された。塡壕車は、城壁の外濠《そとぼり》を埋めるときに用いる装甲車である。

雲梯《うんてい》は、六メートル以上の長梯子《はしご》を二個のせた装甲車で、それを伸ばせば一〇メートル前後の城壁を乗りこえることができる。梯子の上端には、城壁に引っかける二個の鉄鉤《てっこう》がついている。

轒轀車は、木製で牛皮を覆《おお》い、泥を塗った装甲車で、なかに十人ほどの兵士が入り、人力で押してゆく。城壁から投げ落とされる石、木材、熱湯などを防ぐための防具である。

衝車《しょうしゃ》は、幅が一〇〇メートルにも達するものがある、巨大な装甲車であった。五階建て、あるいは六階建て以上のものもあり、一階には車輪を動かす兵士、牛馬が乗りこみ、二階からうえには、敵の城壁に乗りうつって攻撃をおこなう兵士が乗る。

衝車の外面は濡らした牛皮で覆《おお》い、その内側に水をいれた革袋をつらねる。

衝車は雲橋《うんきょう》とも呼ばれ、攻城兵器のうちでもっとも威力を発揮するものであった。

塞門刀車《さいもんとうしゃ》は、木製二輪車で、防御用の兵器である。

秦王政は魏を占領した翌年の、西紀前二二四年正月、王翦《おうせん》将軍が隠退《いんたい》している頻陽《ひんよう》に出向いた。

一万の親衛隊を率いた政は、王翦の居城《きょじょう》に着くと、出迎えた老将の手をとっていった。

「将軍よ、ひさびさに会ったが、壮気はあいかわらずさかんなようだ。今日は折りいっての頼みがあってやってきた」

「なにごとでございましょうか。かような辺地にお出ましいただき、恐れいるばかりでございます」

王翦はかつて趙《ちょう》を攻め、その全土を平定し、さらに燕《えん》の都薊《けい》を陥落《かんらく》させた、赫々《かくかく》たる戦歴の持主である。

老将軍は、政の用件を察していた。楚に遠征せよと促すためにきたにちがいない。前年、政は李信《りしん》と蒙恬《もうてん》に二十万の兵を預け、楚を攻めさせたが、李信の軍勢が敵の急襲をうけ、大打撃をこうむったので敗退した。

政ははじめ、王翦に楚の攻略を命じたが、遠征の兵力は六十万が必要であると答えたので、起用されなかった。

政はおないどしの李信ら気鋭の将軍に、遠征軍の指揮にあたらせたが、無残な完敗を喫《きっ》し、ふたたび王翦を用いようとしているのである。

王翦は、息子の王賁《おうほん》をはたらかせ、自分は頻陽でおだやかな明け暮れをすごしていたかった。秦の国軍は百万を超える。王翦は精兵たちの信望を一身に集めていた。

士卒は戦場に立つとき、部下の生命を軽んじ、拙劣《せつれつ》な軍略をもてあそぶ指揮官の命令は聞かなかった。表面では服従するが、巧みに危険を回避《かいひ》して全力を発揮しない。

王翦のような名将の指揮下においては、嬉々《きき》として死地におもむく勇気を発揮する。王翦を親のように信頼するためである。

王翦の戦場における信望は、秦王政の威令をも超えるものであった。そのため、政は王翦をしだいに邪魔者として見るようになってきていた。

王翦は政の心中を鋭敏に読みとり、隠退したのである。だが政はどうしても楚を征服したいという欲望をおさえかねた。

——厄介な仕事を持ちこまれるようだが、よっぽど用心してかからねばなるまい——

王翦《おうせん》は政を歓迎する酒宴《しゅえん》に、笑みをたたえて出席した。

政は酒杯を交《かわ》すうち、王翦に来意を告げた。

「余は将軍の意見を取りあげなかったため、李信は常勝のわが軍に大きな汚点を残す敗退をした。楚の兵はいきおいに乗って、国境に兵を進めているようだ。将軍、いまは病いを養っているというが、このまま余を見捨てるつもりではないだろうな」

王翦は辞退した。

大作戦の指揮官として、ふたたび起用されることを、よろこぶ態度を見せてはならない。

「私はもはや病みおとろえ、機略をめぐらすこともできません。大王の帷幄《いあく》には、すぐれた将器《しょうき》が数多くいます。どうか彼らのうちから総大将を選んで下さいませ」

政はひたすら詫《わ》びた。

「それをいってくれるな。まえのことは水に流してくれ」

王翦はいった。

「大王が私をおいては、楚遠征軍の指揮をとる者がいないと仰《おお》せられるのであれば、やむをえません。お引きうけいたしますが、兵員は六十万が必要でございます」

政は国軍のなかばを超える兵力を用いるのをゆるした。

「すべては、将軍の考えの通りにしよう」

王翦は政に従い、咸陽にむかった。

彼は副将の蒙武《もうぶ》将軍と、遠征軍の編成に充分な配慮をした。

六十万の軍勢は、一万二千五百人を単位とする軍五十個で組織される。軍の長である旂《き》将《しょう》五十人に人材をあてなければ、全軍の統制が乱れる。旂将から、二千五百人の組織である師《し》の長である前都尉《ぜんとい》、さらに五百人の旅《りょ》の長である後都尉《こうとい》に、命令が迅速《じんそく》に伝わるよう、それぞれの指揮官に凡庸《ぼんよう》な人物を任命してはいけない。

第一軍の旂将に選ばれたのは、李斯《りし》の長男である二十二歳の李由《りゆう》であった。

楚にむかう軍団が咸陽を出陣したのは、陽春《ようしゅん》三月であった。政は公子扶蘇《ふそ》以下の重臣たちを連れ、咸陽の東方灞水《はすい》の岸辺まで見送った。

灞水にむかう途中、王翦は政に懇願《こんがん》した。

「この遠征で首尾よく勝利を納めたときは、美麗な田宅《でんたく》と広大な園池《えんち》のある農地を賜《たま》わりたいと存じます」

政は笑っていう。

「将軍よ、気を安んじて戦場におもむかれよ。楚を討《う》てば、望むがままの土地をどれほどでも使えるではないか」

王翦《おうせん》は首をふった。

「いいえ、これまで大王のもとではたらいた武将のうち、どれほど大手柄をたてた者も、封侯《ほうこう》となった例はありません。文相で封土《ほうど》を得た例はありますが、私はこの老齢で大王のお引きたてをいただいたこの機会を、逃《のが》したくありません。いまこそ、子孫に残すべき田畑を賜わるべき好機であると存じます」

政は大笑するばかりであった。

王翦は武関《ぶかん》まできたとき、使者を政のもとへ走らせ、好田を下賜《かし》されるよう、五度にわたって願った。

征旅《せいりょ》に従軍している子の王賁《おうほん》がいった。

「大王は、すでにご承知なされていると思います。請願《せいがん》の度が過ぎては、いかがかと存じますが」

王翦は、息子に内心をうちあけた。

「儂《わし》がしつこく請願しているのにはわけがある。大王は元来荒々しいご気性で、人を信用しない性格だ。こんど儂が預かった六十万の軍勢は、秦軍の精鋭をこぞって集めたものだ。儂の気持ちしだいで、大王を討ちとって秦国を頂戴《ちょうだい》できるかも知れないのだぞ。こっちから、封地を頂いて子孫に残したいといいだし、謀叛《むほん》の意志がないことを表明しておかねば、このさきどんないいがかりをつけられ、誅殺《ちゅうさつ》されるかも知れないのだ」

王翦には、野心がなかったが、政の周囲には彼を嫉《ねた》む者が数多くいた。

王翦は政の本心を深く見抜き、叛心を抱いていないことを、あらかじめ知らせようとした。

老将軍は、楚の領内に入っても功を急がなかった。

六十万の大軍が侵入すると、楚の将軍項燕《こうえん》は、四十万に近い国軍を総動員して、迎え撃とうとした。

王翦は楚軍と対峙《たいじ》すると、備えをかため、奇襲をしかけてきては、飛竹槍の攻撃をくりかえす。

王翦は戦鼓《せんこ》を打ち、角笛《つのぶえ》を吹き鳴らし、いまにも楚軍に決戦を挑むかのような動きをあらわすが、いっこうに出撃しない。

楚軍は飛竹槍を発射し、しきりに秦軍の出血を強《し》いようとしたが、秦兵は奇襲にそなえ、矢が雨のように降りそそぐと、すばやく堅牢《けんろう》な革車に身を隠し、被害をうけない。

陣営の周辺に番犬を配置し、警備を固めているだけで行動をおこさない秦の大軍を、偵《てい》察《さっ》にきた楚の密偵は、眼をうたがう。

平原を埋め、さかんな炊煙《すいえん》をたてている六十万の秦軍の士卒は、毎日美食に飽き、沐浴《もくよく》をして、木蔭の天幕《テント》のなかで午睡をしている。王翦は諸軍の陣営をめぐり、旂将《きしょう》と食事をともにして、連絡を密にしていた。

陣中では閑暇《かんか》をもてあました士卒が、石を投げる競技、跳躍《ちょうやく》の競技に汗を流していた。

石つぶては、よく飛ぶ形の石をえらび、投げる技術を練磨することで、有力な武器となる。

石投げの技に熟練した者は、擲箭《てきせん》を扱えるようになる。擲箭とは腕力で投げる矢で、西洋のダーツにあたるものである。

箭の長さは三〇センチほどで、青銅でこしらえている。十二本をセットにして持ち、投《と》擲《てき》の訓練は三メートルからはじめ、最大では一六〇メートルに達する。

王翦は満足していった。

「このような競技は、すべて実戦に用いられるものだ。兵を養うに最適の訓練だろう」

楚軍は王翦の大軍と対峙《たいじ》するうち、兵站《へいたん》に窮してきた。

自国のうちであっても、四十万に近い大軍の食糧を確保するのは、容易ではない。食に窮すれば人間を食うのもいとわないが、それでも、いったん退却せざるをえない窮地に追いつめられてきた。

秦軍の輜車《ししゃ》隊では、三千人に及ぶ炊事夫が、さかんに炊煙をたて、忙しくはたらいている。楚軍の項燕《こうえん》将軍は、秦軍が長期滞陣の支度を、充分にととのえてきているのを知った。

楚軍はついに東方へ退却をはじめた。陣営を焼く煙が野末を覆《おお》い、移動する軍団のまきあげる砂塵《さじん》が、地平に帯のようにたなびくのを見た王翦は、ただちに全軍に下命した。

「いまだ、追撃して討ちやぶれ」

秦の軍旅は長期の滞陣のあいだに体力を回復していたので、逃げる敵に猛然と襲いかかった。

大弩を放って敵の陣形を乱し、戦車群を先頭に追撃する。秦軍に背をむけている楚軍は、踏みとどまって戦う気力もなく、われがちに先を急ぎ、武具、旗幟を捨て、馬を下りて揉《も》みあい逃げる。

十日ほど追撃するあいだに、秦軍の捕虜《ほりょ》となった楚の軍兵は、おびただしい。王翦は敵を虐殺《ぎゃくさつ》せず、寛大な待遇をしたので、楚軍が崩壊するのに、時日はかからなかった。王翦が楚王負芻《ふすう》を捕虜としたのは、翌年（西紀前二二三）の春であった。

政は王翦《おうせん》と副将蒙武《もうぶ》の大勝を知ると、楚の国内を視察し、さらに征旅をつづけるよう王翦に命じた。

「将軍は楚の国内の残兵を掃討《そうとう》したのち、南方の越の諸国の族長どもを従わせよ」

王翦は四十万の本隊、蒙武は二十万の支隊を率い、敵将項燕の行方《ゆくえ》を追求した。

項燕《こうえん》は潜伏《せんぷく》していた彭沢《ほうたく》の陣所を蒙武《もうぶ》に発見された。彼は必死の反撃を試みたが、残兵五千余りの士気はふるわず、たちまち離敵する。

項燕は手兵二百余とともに逃げ場を失い、ついに自刃《じじん》した。

王翦は楚に侵入して一年ほどのあいだに、国内のすべてに秦の郡、県を置き、完全な占領体制を敷いた。

王翦は五月に楚を占領したいきおいを駆って、越《えつ》に侵入した。

越は越王勾践《こうせん》の頃、強大な国力を誇っていたが、楚の威王《いおう》に亡ぼされたのち、百越《ひゃくえつ》と呼ばれるようになった。百をもって数える大小の部族が、それぞれの族長に率いられ、乱立していた。

王翦は蒙武と全軍を二つに分ち、本隊を率いて東海に沿って南にむかい、閩越《びんえつ》をめざした。蒙武の支隊は南越にむかう。百越の部族はあいついで降伏し、秦軍は年末までに全土を席捲《せっけん》した。

西紀前二二三年春、政は王賁、李信に命じ、遼東に避難している燕王喜《き》を攻撃させた。二十万の軍勢を率いた王賁らは、長途の征旅をつづけ、薊《けい》（北京）を過ぎてさらに西北にむかい、遼河の岸に着いた。

燕王は老齢で戦意がなく、自ら秦軍の陣営にきて降伏した。王賁は攻撃の鉾先《ほこさき》を代《だい》にむける。代王嘉《か》は、数日の抵抗ののち、三千人の軍兵とともに捕虜となった。

燕、代の二国滅亡の報を得た政は、遼東に滞陣する王賁、李信のもとへ、酒を積んだ馬車百数十台をとどけ、盛大な酒宴を催《もよお》させた。

秦の各地では戦勝の祝賀会を催し、十日間酒宴をつづけた。

十月になって、斉王《さい》建《けん》が首都の臨淄《りんし》を離れ、西方の国境にある要衝沂山《きんざん》に数万の兵を集めた。まもなく秦の攻略をうけると見たためである。

沂山は地形が険《けわ》しく、渓流《けいりゅう》が縦横に流れていて難攻不落の要害《ようがい》であった。斉王は座して滅亡を待つよりも、最期の一戦を望んだのである。

政は翌年（西紀前二二二）正月、斉を討伐《とうばつ》する軍令を発した。北方の戦場にいた王賁は、十五万の兵を率い、斉へむかう。南の会稽山麓《かいけいさんろく》に駐屯していた蒙武の兵二十万も、北上参陣した。

三十五万の秦軍の猛攻をうけた斉軍は、わずか十日ほどの抵抗ののち、五万の兵を失って降伏に追いこまれた。斉王建は降伏した。

政は捷報《しょうほう》を受けると、文書、監察《かんさつ》を司《つかさど》る丞相、御史《ぎょし》大夫を召し寄せて命じた。

「かつて韓王はわが国に領土をさしだし、国王の印璽《いんじ》を渡し、藩臣《はんしん》にしてほしいと願い出た。ところがその盟約を交しておきながら、趙、魏と合従《がっしょう》し、叛《そむ》いた。そのため余は兵をおこし韓を攻め、十年前に韓王を虜とした。

だがこんどは趙が盟約を破って太原《たいげん》で挙兵したので、これを攻め、趙王を虜とした。趙の公子嘉《か》が代王と称し、兵をあげたので、これも撃滅《げきめつ》した。

魏王はわが国と盟約を結んでいたが、ひそかに韓、趙と力をあわせ、敵対する計略をたてたので、これを破った。

楚王は青陽《せいよう》以西の地を秦に割譲《かつじょう》し、和睦《わぼく》したが、そののち盟約を破って秦の南の境を攻めたので、攻撃して楚王を虜にして楚の国土を平定した。

燕王は何事にもわきまえのない愚者で、その太子丹《たん》は荊軻《けいか》に命じて余を害しようとはかった。このため燕を討滅《とうめつ》した。

斉王は宰相の后勝《こうしょう》の計略を用い、叛こうとしたので討伐してこれを虜とし、斉を平定した。

このように、余は微々たる存在でありながら、兵をおこしてこれらの暴乱の徒をことごとく誅《ちゅう》することができた。

すべて宗廟《そうびょう》の諸霊の加護によるものである。六人の王がみな罪に伏し、天下統一がなされたのである。

いま余の王という名号を変えなければ、功業を後世に伝えることができないだろう。そのほうどもが、あい寄って帝号をどのように定めるか、相談せよ」

政の前途をはばむ敵は、もはやひとりもいない。

かつて趙に遊歴していた斉の人、魯仲連《ろちゅうれん》がいった。

「秦は礼儀を捨て去り、敵の首級を取る武功をたっとぶ国である。権力で士卒をこきつかい、人民を奴隷《どれい》のようにはたらかせる。秦王政がもしその野望を達して帝となり、その偏《かたよ》った政治で天下を治めるようになれば、私は斉の東方の海に身を投げて死にます。秦の人民となるに忍びないからです」

いま、政は諸国に怖れはばかられる独裁者となった。

丞相の王綰《おうわん》・御史大夫の馮劫《ふうきょう》・廷尉《ていい》李斯らは、政に答えた。

「昔の五帝が支配した土地は、千里四方に過ぎませんでした。そのほかは諸侯・夷族《いぞく》の支配地で、諸侯のうちには入朝する者としない者があり、天子はこれを統制できませんでした。

いま陛下は万民を害する者どもを誅して、天下を平定されました。海内の諸国をすべて郡県とし、法令を発布する大権を手中になさいました。

これは上古以来、いまだかつてなかったことで、五帝の遠く及ばざるところであります。

われわれは、つつしんで教学の博士と論議を重ねたうえで、つぎの意見をまとめました。昔、天皇《てんこう》、地皇、泰皇《たいこう》がありましたが、泰皇をもっとも尊貴といたしました。臣らは、陛下に泰皇と称されるよう、おすすめいたします。王命を制《せい》と称し、王令を詔《しょう》と称し、天子は朕《ちん》と自称されるべきだと考えます」

政はしばらく考えたのち、答えた。

「泰を取って皇をとどめ、上古の帝位の号をとり、皇帝と号することにする。その他は、そのほうどもの取りきめに従おう」

帝号を定めると、荘襄王《そうじょうおう》に太上皇《たいじょうこう》の諡《おくりな》をした。

当時の尊号のうち、もっとも高いのは皇で、つぎに帝、さらに王、公とつづく。政は古代の王帝、すなわち黄帝《こうてい》、帝顓頊《ていせんぎょく》、帝嚳《ていこく》、帝尭《ていぎょう》、帝舜《ていしゅん》にまさるわが功業を象徴するため、皇帝の称号を選んだのである。

皇帝となった政は、最初の命令「制」を下した。

「太古には号《ごう》があって諡《し》がなかった。中古には号があって、死後にその行状をあらためて諡《おくりな》したと聞く。これは子が父について、臣下が主君について論議することで、本来道理にはずれている。朕はこの習慣を認めない。

こののちは諡法《しほう》を廃止し、朕を始皇帝として、後代は二世、三世と、千万代に至るまで、伝えることとする」

始皇帝は、秦王朝の徳は水であると定めた。木、火、土、金、水の五行《ごぎょう》の徳素のうち、秦が天下統一する以前の周王朝は、火徳をとっていた。水は火に勝つので、始皇帝は水徳をとったのである。

水徳をとることで、年始を十月一日とし、朝賀の式をおこなうことにきめた。衣服、すべての旗は水徳を示す黒地とする。

数は水の数である六を標準とした。符《ふ》節《せつ》、法冠《ほうかん》の長さは六寸、車輿《しゃよ》の長さは六尺、車の挽馬は六頭とする。

水徳に従えば、方位は北、色は黒、数は六となる。黄河の呼称は、徳水とした。

水徳によって政治をおこなえば、完全な法治主義で、感情をさしはさまないことになる。法によって苛酷な裁断をおこない、罪を犯してのち長い年月がたって発覚したものにも時効を用いず、きびしく処罰をする。

荀子《じゅんし》がかつて、秦王政の治政を批評した。

「粋なれば王、駁《はく》なれば覇《は》、一もなければ亡ぶ」

儒の精神が政治に純粋に生かされたときは、王道が成立する。いいかげんに生かされたときは、覇道にとどまるだろう。儒の精神がまったくないとき、秦は滅亡するというのである。

始皇帝は、儒の精神を理解できなかった。

中央集権

始皇帝が広大な六国《りっこく》を統治するにあたり、封建《ほうけん》制をとるべきか、あるいは郡県《ぐんけん》制を敷き、中央集権の組織をかためるべきか、方針を決定せねばならなくなった。

丞相《じょうしょう》の王綰《おうわん》らが、意見を奏上《そうじょう》した。

「六国を版図《はんと》に納め、天下統一の大業はなしとげられましたが、国土はきわめて広く、燕《えん》・斉《せい》・荊《けい》のような東北僻遠《へきおん》の地には、王を置き、統治させねば動乱が起きかねません。王子の方々を王に立てられることを、ご聴許《ちょうきょ》下さい」

廟堂《びょうどう》の百官は、王綰の方針が妥当であると賛成したが、廷尉《ていい》の李斯《りし》がただひとり反対した。

「むかし、周《しゅう》の文王《ぶんおう》・武王《ぶおう》は子弟、一族の者を諸方の土地に封侯《ほうこう》といたしました。しかし歳月がたつにつれ、かつての親族の間柄は疎《そ》になり、たがいに仇敵《きゅうてき》のように攻撃しあい、合戦をくりかえすようになりましたが、周の天子は彼らの争闘を制止できず、泥沼のような乱世となり、ついに滅亡に至りました。

いま海内《かいだい》は、陛下の声威《せいい》により統一され、すべて郡県となっています。公子がたや功臣《こうしん》には、国家の賦税《ふぜい》を分ち与えられ、厚く恩賞をほどこされるのが、相当の待遇というものです。

そうするほうが、統制をとりやすく、天下に謀叛《むほん》をたくらむ者のあらわれる懸念《けねん》もなくなるでしょう。これこそが安寧《あんねい》の術であり、諸侯を置くことは、後日に災いの種を残すことになります」

始皇帝は、まったき専制君主になることを望んでいたので、李斯の意見をとりあげた。

彼はいった。

「天下の人々がながく戦乱に苦しみ、平安のときを迎えることができなかったのは、諸侯がたがいにあい争っていたためである。いま、わが宗廟《そうびょう》の霊威《れいい》のおかげで、ようやく天下は治まった。それにもかかわらず、ふたたび諸侯に封土を与え、国を立てさせれば、兵乱をおこさせるようなもので、天下の安寧は望めない。廷尉の意見をとることにしよう」

始皇帝は天下を三十六郡に分け、郡に守《しゅ》（行政長官）尉《い》（武官）監《かん》（守、尉を監察する司法官）を置いた。

李斯は始皇帝に重用されるようになった。

彼は進言した。

「陛下が天下を統《し》ろしめすとき、四民が兵器をたくわえているのは、謀叛をはかる原因となります。郡守に命じ、兵器武具をことごとく没収させ、咸陽《かんよう》に集め、釣鐘《つりがね》と銅像をこしらえればよいと存じます」

始皇帝は即座に進言を採用した。

「そのほうのいう通りだ。兵器をとりあげれば、叛意《はんい》を抱く者も、どうすることもできまい」

始皇帝は、さっそく郡守に指令を発し、民間の兵器武具をことごとく没収し、渭水《いすい》北岸の渭陽《いよう》の鋳造《ちゅうぞう》場に運ばせた。

鋳造にあたるのは、冶金《やきん》で豪富《ごうふ》を得た蜀《しょく》の卓《たく》氏である。彼は遥か南方の、蜀の臨邛《りんきょう》から咸陽に移された。

諸郡から土煙をあげ、牛車、馬車に積まれ続々と到着する兵器類によって、釣鐘と釣鐘を吊す台、銅像十二体がつくられた。

それぞれ千石《せんせき》（十二万斤・三十トン）の重量である。

銅像は文人像と武人像それぞれ六体で、金人と呼ばれ咸陽城の庭に安置された。これらの物は、いつでも兵器の素材に用いることができる。

当時の兵器は、青銅でつくられていた。鉄製の兵器は鍛鉄《たんてつ》が開発されていなかったので、鋳鉄《ちゅうてつ》を用いたため、粘りがなく脆《もろ》かった。

始皇帝はついで度量衡《どりょうこう》、車軌、文字、貨幣の統一をおこなうことにした。

始皇帝は、戦国の諸国でそれぞれ異なる度量衡が用いられていたので、斗桶《ます》、権衡《はかり》、丈《もの》尺《さし》を統一し、国家の財政政策を円滑にする基準をさだめた。

度量衡をあらたに定めると、始皇帝は自らの詔文を刻ませた分銅、升を国中に用いさせた。

車の軌の幅を定めたのは、黄土層を走る馬車の軌の溝が地面に刻まれるためであった。

軌の幅のちがう車が通行するとき、地面の凹《くぼ》みが邪魔になって動けなくなる。現代の鉄道のレール幅が統一されているのと、同様の事情である。始皇帝が統一した車軌は、九尺であった。

戦国諸国では、文字がそれぞれ異なっていた。いずれも周の金文《きんぶん》に源を発した文字であったが、秦帝国に合併されたのちは、統一を急がねばならなかった。

文字は政権運営に必要な根本条件である。始皇帝は文字統一を李斯に命じた。

李斯は中車府令《ちゅうしゃふれい》の趙高《ちょうこう》、太史令《たいしれい》の胡母敬《こぼけい》と、三種類の辞書をつくり、周の書体である大《たい》篆《てん》がきわめて複雑な書体であるため、これを簡素化した小篆《しょうてん》を標準書体と定めた。

貨幣は溢《いつ》を単位とする金貨と、半両（八グラム）の銅銭の二種に定めた。半両銭は、後世の貨幣鋳造の基本となった、円形方孔銭である。

秦の領土は、東は海に至って朝鮮に及んでいる。西は臨洮《りんとう》、羌中《きょうちゅう》（甘粛《かんしゅく》省）、南は北戸《ほくこ》（安南《あんなん》）、北は黄河沿いに塞《さい》をつくり、陰山《いんざん》に沿い、遼東に至った。

始皇帝は、天下の豪家十二万戸を咸陽《かんよう》に移住させ、首都の規模を壮大なものとする。廟、離宮は、咸陽から渭水の岸辺まで続いている。

始皇帝は諸侯を征服するたびに、その宮殿になぞらえた建物を新築した。それらの離宮のなかには、かつての諸侯の妻妾《さいしょう》が養われていた。

始皇帝にとって、征服できない強敵は北方の匈奴《きょうど》であった。慓悍《ひょうかん》な騎馬民族である彼らを駆逐《くちく》する手段はなかった。

「六合《りくごう》の中、皇帝の土なり。西は流沙《りゅうさ》をわたり、南は北戸《ほくこ》を画し、東は東海を保ち、北は大夏《たいか》（山西《さんせい》省太原《たいげん》）を過ぐ、人跡《じんせき》の至らざる所、臣たらざるはなし」

と自讃するが、モンゴル高原から出撃する匈奴に、しばしば国境をこえての南下侵略を許している。

始皇二年（西紀前二二〇年）秦軍は陰山連峰の裾《すそ》に築いていた長城《ちょうじょう》を延長し、東方の燕《えん》の長城とつなぐ大工事に着手していた。

その年、始皇帝は領内巡遊の旅に出た。咸陽を五月に出立《しゅったつ》した始皇帝は、四百台の輜重《しちょう》車《しゃ》、六千人の兵を伴っていた。

輅車《ろしゃ》と呼ばれる専用の馬車に揺られ、渭水北岸の周道と呼ばれる街道を西へむかう。

十日ほどの旅ののち、雍邑《ようゆう》城に到着する。

さらに十日ののちに渭水上流の秦邑《しんゆう》城（甘粛省）に着いた。寒気の厳しい山地で、雪が降り積っていた。

その地方は馬の産地で、城下では馬市がひらかれ、城の望楼《ぼうろう》に立つ始皇帝の耳に、取引に熱中する男たちの、甲高《かんだか》い声が聞えてくる。

秦嶺《しんれい》山脈の南端にあたるこの辺りは、秦一族の発祥の地であった。

彼は近侍する李斯にいった。

「この土地にははじめてきたが、なつかしい気がしてならぬ。朕の遠祖も、馬市で唾を飛ばし、商談のかけあいをしていたのであろう。朕は父上から、先祖の非子《ひし》というお方が、周の孝王のために馬を殖《ふ》やしたので、領地を与えられ、辺境の土豪となったという昔話を聞いたことがある」

始皇帝は、つめたく澄んだ山気をふかく吸い、山なみのつらなりを眺める。

李斯は、始皇帝の体に流れているのは、韓人の呂不韋《りょふい》と趙の都邯鄲《かんたん》の踊り子の血であることを知っていた。彼は父荘襄王《そうじょうおう》の子ではない。

李斯は謀叛をはかって車裂きの刑に処せられた、嫪毐《ろうあい》の最期の叫びに、凍ったように身じろぎもしなかった始皇帝の哀れな立ち姿を記憶に残していた。

始皇帝の生母太后の情夫であった嫪毐《ろうあい》は、処刑されるまえ、大声で罵《ののし》った。

「秦王政《せい》よ、貴様の身内には秦人の血は伝わっていない。父は韓人、母は趙の人ではないか。うまくまぎれこんで王となったものよ」

始皇帝が、天下統一をなし遂げたいまも、自分が万世に威徳《いとく》をのこすにふさわしい秦王家の血脈の継承者であると主張したがるのは、心中の弱みを隠すためであろうと李斯は思った。

秦は西方の遊牧民族である。秦の始祖といわれる女脩《じょしゅう》という女性は、機《はた》を織っているとき、燕が卵を落したので、それを飲んで子の大業《たいぎょう》を生んだといい伝えられている。

この伝承は、秦家が北方遊牧民の出身である証拠だといわれていた。

始皇帝は、秦邑城に数日のあいだとどまり、祖廟《そびょう》を祀《まつ》ったのち、郡守を呼び、命令した。

「この城はわが一族の旧址である。朕は秦の三十三世だが、これまで祖廟を祀ることおろそかであったのは、まことに申しわけないことだ。

朕はこの地に離宮を建てることにする。離宮にしばしばおもむき、祭祀をおこなうのである。そのほうは、よき土地をえらび、離宮を建て、神人を常住させよ」

離宮は南向きとし、始皇帝が参拝のとき随行する六千人の兵士を収容する舎館と、三千頭の軍馬をいれる厩《うまや》をも建設する大規模な工事を郡守に命じた始皇帝は、さらに西行して渭水の源流隴西《ろうせい》（甘粛省）に至り、東へ転じて北地郡を視察した。匈奴の攻撃を警戒し、昭王《しょうおう》の長城沿いに東北へむかい、咸陽へ戻った。

途中、黄帝が登ったといわれる鶏頭山《けいとうざん》に立ち寄る。三カ月に及ぶ巡遊の旅であった。

始皇帝が咸陽に帰還すると、かねて蒙恬《もうてん》が一万人を指導して宮城内にある祖廟長信宮《ちょうしんきゅう》を、渭水の南方へ移す工事をおこなっていたのが、ほぼ完成していた。

始皇帝は、長信宮を極廟《きょくびょう》と改称した。天文家に設計させ、廟の天井を円形ドームにこしらえ、内部を黒塗りにしたなかに、北辰《ほくしん》（北極星）を中心とした星座をちりばめるため無数の貝殻を埋めこませた。

極廟とは、天極《てんきょく》（天の中宮）という意である。

極廟が完成すると、始皇帝は宮城から極廟に至り、さらに近郊の驪山《りざん》に通じる甬道《ようどう》を建設させた。

甬道は始皇帝の専用道路で姿が衆人に見えないよう、道の両側に高さ六尺、幅三尺の土塀をつらねていた。

甬道をこしらえたのは、ある方士が李斯につぎのように進言したためであった。

「陛下は天下で唯一の貴人であります。神仙《しんせん》のごとく衆人から姿を隠せば、なお尊貴の念が高まるにちがいありません」

始皇帝は、自らの専用道路である馳道《ちどう》を、全国に建設させようとしていた。

馳道の道幅は五十七丈（約一二八メートル）であった。三丈（六・七五メートル）ごとに街路樹を植え、路面は粘土をつきかため、板のように坦々としていた。

始皇帝は人影のない甬道に輅車《ろしゃ》を走らせ、極廟に礼拝したあと、新築した甘泉離宮、驪山温泉にしばしば遊んだ。

始皇三年（西紀前二一九年）、東方の鄒邑《すうゆう》の儒者が、献言した。

「陛下は天下を治められ、もはや三年を閲《けみ》しました。鴻業《こうぎょう》を大成した皇帝は、泰山《たいざん》の頂《いただき》で封禅《ほうぜん》の儀式をとりおこない、天神地祇《てんじんちぎ》のご加護を祈らねばなりません。

陛下はすみやかに鄒《すう》（山東省）の嶧山《えきざん》に登り、神徳を讃えたのち、泰山で封禅、望祭《ぼうさい》の儀式をおこなうべきです」

泰山は、山東西部に屹立《きつりつ》する聖山で、華北の野を一望に見下ろすことができる。

嶧山は泰山の前山といわれ、泰山で封禅をおこなう天子は、まず祭祀をおこなう。

封禅の封は土を盛り墳をつくって、天を祀ること、禅は地をはらって山川を祀ることである。

始皇帝は、丞相以下の重臣に意見を聞くと、封禅の儀をおこなうべきであると同意した。

季春《きしゅん》三月、始皇帝は二十歳になった長子扶蘇《ふそ》の冠礼《かんれい》（元服）の儀をとりおこなったのち、五月に一万数千の供の軍兵を連れ、山東への旅に出た。

旅の途中、従者の泊る旅舎がないので野宿をせざるをえない。彼は近侍の者に命じた。

「東への街道は重要な役割を果すものである。咸陽から東海を見渡す地まで、百里（約四〇キロ）ごとに宮殿、舎屋を設け、一万余の従者が宿泊できるようにせよ」

一カ月余の旅をして鄒の嶧山に着いた。魯の儒生たちが集まり、山頂に始皇の徳をたたえる頌碑を建てた。銘文は、つぎの通りである。

「天下を并兼《へいけん》し、皇帝に即位して茲《こ》の地に尊駕《そんが》す。

その徳たるや広大にして、天翔は鳥歌に満ち、草木もただ垂臥《すいが》するのみ。

謹んで刻石す。魯総儒生」

鄒《すう》から泰山まで、四日の旅であった。

始皇帝は泰山頂上で石を立て、土を盛り、天を祀った。五穀を奉献して拝跪《はいき》し、天神に皇帝となったことを報告し、今後の加護を祈願したあと、下山する。

標高一五四五メートルの山頂から下ってゆく途中、にわかに空が曇ってきた。麓《ふもと》の辺りで風雨が騒然と襲ってきたので、松林に入って休む。

始皇帝は、雨を避けた古松を見あげていった。

「天神の恵みにより、この松の下で憩うことができた。松林一帯の松樹に、五大夫《ごたいふ》（秦の九等の爵位《しゃくい》）を与えよ」

彼が泰山の山麓の梁父山《りょうほさん》という小山で、地祇を祀るとき、風雨が納まり、空が晴れわたった。

そのとき、魯の儒生たちが進言した。

「『書経』に、地平らかにして天成《な》ると記されていますが、今日の盛儀はまさにその通りであります」

始皇帝は彼らの言葉を耳にすると、わが権力をさらに誇示する手段を思いついた。

「地祇を祀るために、地を平らかにしよう。者ども、梁父を削りとり、平地となせ」

始皇帝は梁父山に三日を過ごしたのち、渤海湾《ぼっかいわん》に沿い東へむかい、黄邑《こうゆう》、腄邑《すいゆう》(山東省)を経て、成山《せいざん》、之罘山《しふざん》に登り、山頂に秦の威徳を讃える石碑を立てた。

そのあとさらに南へ下り、琅邪山《ろうやさん》に至った。始皇帝は行手に目ざす山影を見出《みいだ》すと、よろこびの声をあげた。

「ついに琅邪に着いたか」

始皇帝は名山、大河、八神を祀る旅を、ここで終えることになった。

八神の第一は天主で、臨淄《りんし》(山東省臨淄県北方八里)南郊の天斉《てんせい》で祀る。第二は地主で泰山、梁父山で祀る。

第三の神は兵主である。兵主は東平陸《とうへいりく》(山東省歴城県の東七十五里)で祀る。

第五は陽主で之罘山《しふざん》(山東省福山県の東北三十五里)で祀る。

第六は月主で、萊山《らいざん》（山東省黄県の東南二十里）で祀る。これらの土地はいずれも渤海湾に沿っている。

第七は日主である。日主は成山《せいざん》（山東省栄成県の東三十里）で祀る。成山は斉の国の東北端に位置し、海に大きく突き出ていて、日の出を迎える山といわれていた。

第八は四時主《しいじしゅ》で、琅邪《ろうや》で祀る。琅邪山は、歳のはじまるところといわれていた。

八神を祀った始皇帝は、神仙に列して不老不死の霊力を得ることを、ひそかに願っていた。彼は琅邪に三ヵ月のあいだ滞在し、縹渺《ひょうびょう》たる渤海を眺めて過ごした。

彼は占者を呼んで聞く。

「琅邪山には、東海の海原から神仙が飛びきたるといわれるが、真実であろうか」

占者は答えた。

「神仙は気まぐれで、よほど好みに適《かな》った土地にしか参りません。彼らは琅邪山を好みますから、この辺りにひそみ、陛下のご威徳をかいま見ているものと思われます」

始皇帝は地元の黔首《けんしゅ》（住民）三万戸を琅邪山麓に移住させ、十二年間賦税を免除する特典を与え、山頂に琅邪台という祭祀《さいし》台をつくらせた。

そこに板碑を立て、始皇帝の功徳を讃える文字を刻ませた。

「秦王は王位に就いて二十六年ののち、はじめて皇帝を称し、法令を正しく定め、万物の綱紀《こうき》をさだめ、風俗を正さしめた。

皇帝は聖智仁義の人で、道理をあきらかにした。このたび東都の各地を巡察し、民情をくわしくたしかめた。

視察を終えたいま、ここに足をとめ海の景色にむかっている。

皇帝の功は、農事に勤労する者を重んずるところにある。このため農業を商業よりも重視し、人民は富み栄えている。

普天《ふてん》のもと、万民は志をひとしくして融和している。

諸器は度量を統一し、書は文字をひとしくした。日月の照らすところ、舟車《しゅうしゃ》の通じるところは、みな始皇帝の命に従い、その意を体しない者はいない。

時に応じ、事をおさめるのは始皇帝である。異民族の習俗を匡正《きょうせい》するため、水陸を巡遊し、黔首をあわれんで、朝夕配慮を怠らない。

思うに、治世の道は天地とともに運行し、もろもろの物産は豊かにみのり、すべて宇宙の方式に適っている。

大義は昭々としてあきらかに、後世に垂れている。後人はそれをうけつぎ、あらためることなかれ。

始皇帝は聖徳ある身で、すでに天下を平定し給わったが、なお政事を怠らない。早朝に起き深夜に寝て、天下長久の利をはかり、もっぱら教育訓戒をさかんになされている。恒常不変の道徳は、あまねく人民に達し、遠近はことごとく平穏であるし天下は聖志を体し、貴賤の別はあきらかに、男女の礼は乱れることなく職務にいそしむ。

あきらかに朝廷の内外を融和し、清浄なる行いを後世に及ぼすことは、始皇帝の徳が無窮に及ぶことである。

始皇帝の遺詔を守る者は、重く戒めよ」

始皇帝が八神を祀ったのは、神仙《しんせん》に会えることを期待していたためであった。

神仙とは、渤海の沖に住む不老長寿の仙人のことであった。

仙人は方士《ほうし》ともいう。斉から燕に至る海岸では、神遷思想がさかんにおこなわれていた。燕（河北省）の人である宋毋忌《そうむき》、正伯僑《せいはくきょう》、充尚《じゅうしょう》、羨門高《せんもんこう》、最後は、皆仙人の術をつかった。彼らは体の形を消えさせ、あるいは異形にする変化の技を見せ、鬼神のわざであるという。

燕の辺境や斉に住む海辺の方士は、その術を継承していたが、それを完全にわがものとできないまま、中途半端な妖術を使う。

そんな輩《やから》が、数知れないほどあらわれ、始皇帝に拝謁《はいえつ》しようとした。斉では威王、宣王、燕では昭王の代から、東方の渤海のなかにある「三神山」を探す試みが、くりかえされていた。

三神山とは、蓬萊《ほうらい》、方丈《ほうじょう》、瀛州《えいしゅう》と呼ばれる山であった。伝承によれば、三神山は渤海の沿岸から、さほど離れていない海中にある。

ただ、そこへむかう船がいまにも到着しようとすると、どこからか突風が吹いてきて遠ざけられてしまう。

だが、三神山にゆき着いた者は皆無《かいむ》ではなかった。昔、そこを見てきた人のいい伝えによれば、山中には大勢の仙人たちが住み、不老不死の薬もあるという。

でいた。山中に住む生物は、鳥獣に至るまですべて白一色で、黄金と白銀で造られた宮殿に住ん
だが、めったにゆきつける者はいない。

遠方から三神山を望むと雲のようにおぼろで、ゆきついてみると、海上に聳《そび》えていたはずであったのが、水面の下になっている。

舷《ふなべり》からのぞきこもうとすると、大風が吹きおこり、船が流されてしまう。

このような伝承であるだけに、天下を従える専制君主となった始皇帝は、三神山を得たいとひたすら渇望《かつぼう》した。

始皇帝は、雲のように集まってきた方士たちを引見したが、どれも信ずるに足りない輩であった。

そのうち、斉人の徐市《じょふつ》らが上書して告げた。

「海中の三神山にゆきつくには、斎戒して身を潔《きよ》め、童男、童女とともにゆかねばなりませぬ」

始皇帝は応じた。

「そのほうのいうところを、信じてもよさそうだ。望む通りの支度をせよ」

徐市は船団を組み、童男、童女数千人を乗せ、海上へ旅立った。

始皇帝は、李斯らの群臣にいった。

「朕は、西方は流沙《りゅうさ》（中国北方の大砂漠）、南は北戸、東は東海、北は大夏（蒙古《もうこ》西北）に

至り、人跡の至るところすべてを平定した。朕の功は五帝をはるかに超える。このうえ不老長寿の霊薬を得て、永遠の寿命を得たいものだ」

彼は琅邪山頂から、海上に消え去ってゆく数十隻の船団を見送った。

始皇帝の一行は、琅邪山を離れ、西へむかった。彭城《ほうじょう》（江蘇省《こうそ》）に着くと、始皇帝は斎戒して神に祈り、侍臣に命じた。

「周が亡んだとき、周朝の宝器であった鼎《かなえ》がまだ一個沈められたままである。朕は八鼎《はってい》を手中にしているが、九鼎のうち一個を得て完全なものとしたいのだ」

従士のうち、水練に達者な者千人が泗水《しすい》に潜ったが、発見できなかった。

始皇帝は、さらに西南に進み、淮水《わいすい》を渡り、衡山《こうざん》（湖南省）に至った。そこから二十日ほど旅をつづけ、長江を船で渡り、湘山《しょうざん》（湖南省）の湘山祠《へん》へむかおうとした。

このとき、突風が吹きおこり、始皇帝の御座船が危うく転覆しそうになった。水中に投げ出されたときは激流に押し流され命を失いかねない。

驚いた始皇帝は、卜者にたずねた。

「湘君とは、いかなる神であるか」

卜者は答えた。

「尭《ぎょう》の娘、舜の妻で、ここに葬られているものです」

「そやつが朕を脅やかしたか」

始皇帝は激怒して、囚人三千人を使役し、湘山の樹木をことごとく切りはらい、禿山《はげやま》にしてしまった。

そののち、南郡から武関（陝西省）を経由して咸陽に帰った。

始皇帝の夢

始皇四年（西紀前二一八）五月、四十二歳の始皇帝は、三度めの東方巡遊に旅立った。

咸陽《かんよう》を出た一行は、武関《ぶかん》を越え、陽武《ようぶ》へむかう。その手前の博浪沙《はくろうさ》（河南《かなん》省博浪県）という丘陵地帯へさしかかると、刺客が待ちかまえていた。

韓の貴族の末裔《まつえい》、張良《ちょうりょう》である。

張良は後年、漢の高祖劉邦《りゅうほう》の軍師として知られた人物である。張良の先祖は五代にわたり、韓の宰相《さいしょう》をつとめたので、彼は始皇帝を不倶戴天《ふぐたいてん》の仇敵としてつけ狙っていた。

韓が秦に亡ぼされ、十余年が過ぎていたが、怨恨は胸中に炎をゆらめかせている。

張良は渤海《ぼっかい》に沿う莱邑《らいゆう》という町へ放浪の足をむけると、旧知の倉海君《そうかいくん》という学者に出会った。

倉海君は、張良に告げた。

「あなたは邦家《ほうか》を失い、肉親を失って、喪家の狗《いぬ》のように放浪されています。秦王は自ら始皇帝と称し、万民のうえに君臨しています。彼はまもなく、一万余人の護衛兵を連れ、神仙に会うために狼邪山《ろうやさん》へむかいます。途中、かならず陽武の南の博浪沙を通過します。あと数日のうちにあらわれるでしょう。始皇帝の命を狙うときは、いまをおいてほかにはありません」

「これはなによりの知らせをもらった。かたじけない。きっと政をこの世から消してやるぞ」

張良はかねて強力な刺客を養っていたので、彼とともに博浪沙の丘陵にひそんで、時を待った。

三日後、始皇帝の行列があらわれた。馳道《ちどう》の両側には、行列を見物する人々がむらがっていた。始皇帝の輅車《ろしゃ》は、護衛車の長い列を従え、人垣のあいだを通ってゆく。

張良は、ひそかに百二十斤（約三〇〇キログラム）の鉄塊を橇《そり》に乗せ、馳道を見下ろす丘陵に運んでいた。

「いまだ、やれ」

鉄塊は唸《うな》りをあげ、宙を飛んだが、始皇帝の車に当らず、先導の副車を粉砕した。

始皇帝は顔色《がんしょく》を失ったが、ただちに下手人を探索させた。凶行をたくらんだのは張良と分ったが、十日間草の根を分けて探しまわっても、行方は杳《よう》として知れなかった。

始皇帝は、わが威信《いしん》を天下に知らしめるための巡遊を、中止するわけにはゆかない。彼は予定を変更せず、山東半島への旅をつづけた。

彼は之罘山《しふざん》に登り、碑を立て文を刻んだ。

「秦王となりて二十九年、
時はまさに中春、陽春の和気たちこめたり。皇帝は東に巡遊して之罘山に登り、海に臨みたもう。

従臣はよろこび観て、皇帝の大かつ美なる功を追想し、帝業のはじめをかえりみて誦《たた》うる。

皇帝は大聖にしてよく治をなし、法度を制定し、綱紀《こうき》を顕著にしたまえり。外は諸侯を教化し、大いに文徳仁恵をほどこし、義理を天下に明らかにせられたり。

然るに六国は邪僻《じゃへき》にして貪戻《たんれい》あくことなく、不辜《ふこ》の民を虐殺す。

皇帝は衆庶をあわれみ、ついに征討の軍を発し、武徳を奮揚せられたり。（下略）」

また東巡の銘にいう。

「これ二十九年、皇帝春に巡遊して遠方を観察し給う。東海の一隅にまで至り、ついに之罘山に登り、山東に臨御せらる。観望は広大壮麗にして、従臣みな帝徳を思い、治道をたずぬることといたりて明らかなり」

陽春の之罘山頂から、眩《まぶ》しく陽光をはじく東方の海原を眺める始皇帝の胸中に、不老不死の仙境を求める思いが湧きおこって当然であった。

始皇帝の魂は、果てのない海に吸い寄せられた。

之罘《しふ》東観《とうかん》（東方展望台）に刻《きざ》む、わが功業《こうぎょう》を述べる銘文は、延々とつづく。

「聖なる皇帝の法はじめて興《おこ》りて国境の内をおさめ、外は暴強の徒を誅《ちゅう》せり。

すなわち、武威《ぶい》あまねく暢《の》びて四極まで振動し、六国の王を禽《とりこ》にし滅ぼせり。かくて天下を開き併《あわ》せ、災害はやみ、永久に武器をふせてふたたび使用せざることとはなりぬ。

皇帝、徳をあきらかにし、宇内《うだい》を統治し、見聞に怠《おこた》りなく、大義を作立し、あきらかに制度を設けたまい、上下皆しるしあり。（中略）群臣聖徳をよろこび、つつしみて聖帝の功績をたたえ、奏請してこれを之罘山に刻めり」

始皇帝は之罘山から琅邪山《ろうやさん》に引き返し、旬日のあいだ滞在して、徐市《じょふつ》の船の帰還を待ったがあらわれず、帰路は琅邪から陽武《ようぶ》に至ったのち北方にむかい、韓、趙の旧領である上《じょう》党《とう》（山西省長子県）を経て、咸陽に戻った。

始皇五年（西紀前二一七）には、とりわけて記すほどの事件がなかった。長城の築造は、順調に進められている。

始皇六年（西紀前二一六）、それまで臘月《ろうげつ》と呼んでいた十二月の呼称を嘉平《かへい》とあらため、国中の里ごとに六石の米と二匹の羊を与えた。

ある夜、始皇帝は微行《びこう》して咸陽市中を巡見《じゅんけん》するため、護衛の武士四人とともに宮門を忍び出たが、蘭池《らんち》という池の畔《ほとり》で盗賊《とうぞく》に急襲され、危うく命を落すところであった。

武士たちが必死の防戦をして、盗賊の主立《おもだ》った者を殺し、始皇帝は事なきを得た。

この騒動のあと、始皇帝は二十日間にわたり、関中《かんちゅう》地方一帯をしらみつぶしに捜索したが、連暴者を発見できなかった。張良の仕業《しわざ》であろうと察したが、盗賊らは証拠をなにひとつ残していなかった。

始皇帝は、盗賊に投げつけられた石で、額に瘤《こぶ》ができたが、気にしなかった。

「天下を平定するため、数えきれない敵を殺した余の命を狙う者は、あとを絶つことがあるまい。高漸離《こうぜんり》も、思えば哀れな最後を遂げた者だ」

始皇五年、燕《えん》の太子丹《たん》が放った刺客《しかく》荊軻《けいか》が咸陽宮で死んでから、十年が経《た》っていた。

始皇帝は、荊軻と関係のあった者をすべて捕縛《ほばく》し、処刑した。荊軻の親友であった高漸離は、始皇帝の追及の手をのがれ、河北の豪族宋子《そうし》の作男となってはたらいていた。

あるとき、宋子の邸で酒宴が催され、余興に筑《ちく》を弾じる者がいた。庭前を通りかかった高漸離は、ついひとりごとを洩《も》らした。

「あの打ちかたはまずまずだが、この打ちかたはいかにも下手だ」

漸離は、作男としての労働にくたびれはてていて、機嫌がわるかったので、つい本音を洩らした。

従者のひとりが漸離《ぜんり》の独語を聞きつけ、宋子に告げた。

「あの傭人《ようにん》は音曲に詳しいのか、しきりに巧拙《こうせつ》を論じています」

宋子は漸離を呼び、筑を打たせてみたが、他の客とは格段の違いである。

「こんな腕前の者には、会ったことがない」

一座に居あわせた主客は、ひたすら感嘆するばかりである。

高漸離は考えた。

「この先も世を忍び、労働に身をすりへらしても際限がない。このうえは、筑を打って身すぎをしよう」

彼は荷箱に隠していた筑と晴着を取りだし、盛装して宴席へ出た。

客は皆おどろいて席を下り、漸離を主賓《しゅひん》の座にすえる。漸離は望まれるままに筑を打ったが、その音色に感動して涙を流さない者はなかった。

漸離の噂は、始皇の耳にとどいた。漸離は始皇に召し出され、筑を打ち鳴らした。

始皇は漸離を天下に比類なき名手であると褒《ほ》めたが、群臣のなかに彼を見覚えている者がいて、告げた。

「あれは荊軻の親友であった高漸離に違いありません」

始皇帝は漸離の才を惜しみ、その両眼を燻《いぶ》しつぶした。

始皇帝は目が見えなくなった漸離を近づけ、筑を打たせるようになった。漸離は機をうかがい、荊軻の仇《かたき》を討とうと考え、筑に鉛を入れ、始皇帝に近づいたとき振りあげて打ったが、狙いははずれた。

始皇帝は漸離をただちに斬刑に処した。


始皇七年（西紀前二一五）、始皇帝は碣石山《けっせきざん》に行幸《ぎょうこう》した。

碣石山は、河北《かほく》省の渤海《ぼっかい》を望む土地にある。始皇帝が碣石山にむかったのは、燕人《えん》の方士《し》、盧生《ろせい》という者の進言によるものであった。

盧生は始皇に謁見《えっけん》し、言上した。

「碣石山には、羨門子《せんもんし》高《こう》という仙人が、東海から飛びきたって、しばらく棲《す》んでおります。私は二度碣石山で仙人に会い、仙術を得るため仕えようとしましたが、三日も留《とど》まることがないので、秘法を学ぶことができないでいます。

羨門子高は穀物を口にせず、東天に陽が昇るとき、両手をさしあげてひらき、幾度となく気を吸いこみます。これは、身を軽くし、陽気を食とするためといいます。

ふだんは食物をとらず、東海の山中に生える薬草を粉にし、豆粒ほどに丸めたものを口にいたします。これは不老不死の効果があるといわれます。

陛下が碣石山《けっせきざん》に赴《おもむ》かれ、天運に導かれて羨門子《せんもんし》高《こう》に会うことができたならば、不老不死の妙薬を手にできるかも知れません」

始皇帝は碣石山に至り、盧《ろ》生《せい》に羨門子高を探させたが、会えなかったので、船三艘に兵士百五十人を乗せ、東海へ探索におもむかせた。

彼は碣石門に、つぎの碑文を刻んだ。

「ついに征討の軍を興《おこ》して無道の輩を誅戮《ちゅうりく》したので、反逆の徒は絶え亡びた。かくて武は暴逆を絶滅し、文は罪失なき世を再来させ、庶民の心は秦に帰服した。

恩恵をもって功労を論じ、賞を与え、賞は牛馬に及び、恩沢は土域を肥やした。

皇帝は威をふるい、徳は諸侯を併合し、はじめて天下を統一し、泰平を招来した。

東方諸侯の城郭を破壊し、河川の塞《そく》を決通し、険阻《けんそ》の地を平らげた。

このようにして地勢はすでに定まり、民に労役の困苦なく、天下はすべて安定した。男子は農事にはげみ、女子は紡績《ぼうせき》をおさめ、世上の秩序はととのった。

恩恵は諸産物にも及び、四方の民が来たりて農耕に従うこと久しく、安楽に暮らしている。群臣は皇帝の功をたたえ、奏請してこの碑石を刻み、儀矩《のり》を後世に垂れあらわすものである」

始皇帝は盧生の弟子である韓終《かんしゅう》、侯公《こうこう》、石生《せきせい》に命じた。

「羨門子高がしばしば飛来する碣石山には、東海の仙山にある薬草が生えているにちがいない。そのほうどもはここにとどまり、不死の薬草を探し求め、盧生が戻ればともに咸陽にこい」

始皇帝は北方の諸郡を巡遊し、上郡を経て九月に咸陽に帰った。

盧生は十一月に韓終、侯公、石生とともに咸陽宮に召し出された。

「俺は東海を航行する途中、玉輅《ぎょくろ》（玉で飾った車）も失ってしまった。始皇帝はしつこく仙薬を欲しがっている。お前たちも仙薬を発見できなかったといいにくいだろう。このままでは俺たちは殺されてしまう」

盧生たちは、仙薬を発見できなかったいいわけを、あれこれと考えたあげく、竹簡《ちくかん》に偽《ぎ》書《しょ》をしたため、鬼神の告げる録図書《ろくとしょ》であるとして奉った。

書中に、「秦を亡ぼすものは胡《こ》なり」とあったので、始皇帝は将軍蒙恬《もうてん》に命じた。

「兵三十万を発し、北胡を撃つべし」

蒙恬は大軍を率い、北河南方（オルドス地方）を攻めた。

始皇七年（西紀前二一五）、始皇帝は蒙毅《もうき》に命じ、かつて逃亡の罪を犯した者、不正をはたらく商人、他家に養子に入り、その財産をわがものにしようとはかっている者など数十万人を徴発《ちょうはつ》して軍団を編成し、陸梁《りくりょう》（嶺南《れいなん》地方）に侵入させ、桂林《けいりん》（広西省）、象郡《しょうぐん》（広東省西南部、広西省南部、西部、安南の一部）、南海（広東省）の三郡を置き、流罪者で編成した守備隊を、現地に駐屯させた。

一方、西北方に作戦行動をおこした秦軍は、匈奴《きょうど》を圧倒して追いしりぞけ、楡中《ゆちゅう》（オルドスの黄河北岸）から黄河沿いに、陰山に至るまでの地に三十四県を設けた。

陰山山脈の南面は険《けわ》しい断崖《だんがい》であるが、北はモンゴル高原に通じるゆるやかな斜面である。

西方の臨淄《りんし》から東方の遼東に至るまで、延々とつづく長城の全長は五〇〇〇キロである。楡中から陰山までの黄河の畔には要塞がつらなり、匈奴を近づけない防備を固めた。蒙恬はさらに黄河を渡り、高闕《こうけつ》、陶山《ようざん》、北仮《ほくか》（寧夏省）を占領し、関所を築き駐屯軍を置く。

始皇八年（西紀前二一四）、刑獄《けいごく》を司《つかさど》る官吏のうち、不正をはたらいた者を流罪とし、長城から南越地方に至る築城工事にはたらかせた。流罪人の多くは公正でない裁決をおこなった裁判官であった。

始皇帝は、政治体制を強化するため、人事の改編をおこなった。丞相王綰《おうわん》が高齢を理由に罷免《ひめん》され、御史《ぎょし》大夫馮劫《ふうごう》は都府将軍に左遷した。

王綰にかわり丞相となったのは、李斯であった。

始皇帝はいった。

「王丞相は経験をかさねているが、すでに気力を失った。馮劫は決断に乏しいので、諸官に軽視されている。李廷尉は丞相にすべき人材である」

人事刷新を終えた始皇帝は、咸陽宮で盛大な酒宴をひらいた。

七十人の博士が始皇に謁《えつ》し、長久を祝した。左僕射《さぼくや》、(侍従長)に新任された周青臣が、始皇の万歳までの長寿を祝したのち、言上した。

「昔、秦の領土は千里に過ぎませんでしたが、陛下の神霊を敬う御心が天に通じ、海内《かいだい》を平定し、蛮夷《ばんい》を放逐し、日月の照らすところすべて帰服せざるはなく、かつての諸侯の地を郡県とし、衆民は安楽に暮らし、戦争の憂いはなく、万世に伝えることとなりました。上古より、陛下のご威徳に及ぶ者はありません」

始皇帝は、おおいによろこんだ。

斉《せい》人の博士淳于越《じゅんうえつ》が、進み出ていった。

「臣の聞くところによれば、殷、周は代々王たること千余歳。子弟功臣を封じ、王室の輔佐としたためといわれております。

いま陛下は海内をご領有されておりますが、ご子弟は封ぜられることなく、無官の匹夫《ひっぷ》にすぎません。

このような有様では、かつて斉国を奪った田常《でんじょう》、晋《しん》室の権を奪った六卿《りくけい》のような叛臣《はんしん》が出たときは、輔弼《ほひつ》する者なくして皇室を救えましょうか。

古例を師とすることなく、長久を保つ例はありません。いま青臣が陛下におもねり、陛下に過ちを重ねさせようとしています。これは忠臣ではありません」

始皇帝は、淳于越《じゅんうえつ》の献議を群臣に検討させた。

丞相の李斯がいった。

「上古の三皇五帝は、それぞれ前帝の政事を踏襲《とうしゅう》しませんでしたが、政治は乱れませんでした。夏《か》、殷《いん》、周《しゅう》の三代はそれぞれ前期の政事をうけつがず、おのおの治世をなしとげました。

これは、五帝三代の道がそれぞれ異なったわけではなく、時勢が変ったためであります。

いま陛下は大業をなしとげ、万世に伝うべき功業をおたてになりました。

それはわれらが、理解しうるところではありません。于越のいうところは上古のことで、いまは用いるに足りません。

かつては諸侯が並び立って強をあらそい、遊説《ゆうぜい》の士を厚くもてなしました。いま天下はすでに定まり、法令は整っています。

衆民は家にいて農耕にはげみ、士人は法令を学び、禁制を犯さないよう心がけるべきです。

しかし、いまの学者と称する者は、現代を知らず昔を学び、当代をそしって衆民を惑わすのみです。

丞相である臣李斯《りし》は、死罪を覚悟のうえで申しあげます。

昔は天下が散り散りに乱れ、これを統一する者がありませんでした。このため、昔を理想の世として現代をそしり、虚言《きょげん》をかざりたてて、それぞれが己れの学んだところを最善として、上の立てた法制をそしったのです。

いま陛下は天下を統一され、黒白《こくびゃく》を弁別して皇帝となられたのです。

それにもかかわらず、学者と称する者は古例を学び、現代の法教をそしります。

彼らは法令が発せられると、おのおのの学理に照らして論議しますが、朝廷においてはそれを口にしません。

市中に出ると己れの意見を吹聴し、主君に従順でないことを名誉に思い、独得の見解をもって、多勢の門下生をひきつけているのです。こんな者たちを放置しておくと、主君のいきおいがしだいに衰え、徒党が多くあらわれます。

これを禁止することこそ必要であります。史官（記録官）の所蔵する秦の記録以外の書籍は、すべて焼きすて、博士が職務のうえで保存するもののほかに、天下において儒家の『詩経』、『書経』、諸子百家の書を所蔵する者があれば、ことごとく郡守のもとへ差し出させ焼きすてるべきです。

『詩経』、『書経』についてあえて論じあう者があれば、市場で斬刑《ざんけい》に処し、屍《かばね》を市中に棄《す》てねばなりません。

古《いにしえ》を讃《ほ》め、今をそしる者は一族皆殺しの刑にいたします。

この禁令を犯《おか》した者を見逃した官吏には、同刑を課し、命令をうけて三十日以内に書籍を焼かない者は、黥《いれずみ》をほどこし、築城人夫である城旦《じょうたん》の身分におとしましょう。

一般人が所持してよい書籍は、医薬、卜筮《ぼくぜい》、種樹《しゅじゅ》園芸についてのものに限り、法令を学ぼうとする者には、官吏をもって師といたしましょう」

始皇帝は、李斯の献言をうけいれた。

李斯はただちに郡守に命令を発し、焚書《ふんしょ》を命じた。天下の邑《まち》、村、里では、木簡、竹簡が野外に山積みされ、焼かれた。

三カ月のあいだ、書を焼く煙は空にたなびき、鳥影を見ず、陽光もささなかった。

始皇十年（西紀前二一二）、始皇帝は九原（寧夏省《ねいかしょう》）から雲陽《うんよう》（陝西省《せんせいしょう》）に至る道をひらいた。その間の山を崩し、谷を埋め、直線道路をひらいたのである。

始皇は考えた。

――咸陽は人が多く住むようになった。先王以来の宮廷では、いかにも狭苦しい。むかし周の文王《ぶんおう》は豊《ほう》を都とし、武王《ぶおう》は鎬《こう》を都とし、豊、鎬一帯が広く帝王の地となったと聞いている――

彼は群臣が参朝する宮殿である朝宮《ちょうきゅう》を、渭水《いすい》南方の上林苑《じょうりんえん》のなかに造営した。

前殿を咸陽宮に近い阿房《あぼう》に建築した。

阿房宮の規模は東西五百歩（一歩は六尺）、南北五十丈で、二階建てである。殿上には一万人を座らせることができ、階下には五丈の旗を立てることができた。

周囲には渡り廊下をめぐらし、宮殿の下から廊下伝いに南山へゆくことができた。南山の頂上に門を立て、宮殿のしるしとする。

さらに上下二段の復道をつくり、阿房宮から渭水《いすい》を渡り咸陽に連絡する。

それは天極《てんきょく》（天の紫宮の十七星）が閣道《かくどう》（渡り廊下）でつながれ、天の川を渡り営室星《えいしつせい》に至ることを象徴しようとしたものであった。

宮殿は完成ののち名称をえらぶことになっていたが、天下の人々は阿房宮《あぼうきゅう》と呼ぶようになった。

当時、宮刑に処せられた者、徒刑者があわせて七十万人いた。

始皇帝は彼らを二手に分け、阿房宮と驪山《りざん》の宮殿造営にあたらせた。北山の石、蜀《しょく》、荊《けい》の材木を送らせ、完成した宮殿は関中では三百、関外に四百であった。

石を東海の朐《く》県（江蘇省）に立て、秦の東門とし、三万戸を驪邑《りゆう》、五万戸を雲陽《うんよう》に移住させ、十年間は彼らの賦税《ふぜい》を免除し、徭役《ようえき》に使わなかった。

咸陽にいた方士の盧生《ろせい》が、始皇帝に説いた。

「臣らは芝《し》（霊草）、奇薬（不死薬）、仙人を捜しましたが、どこにも見当りません。これはなにか障害があるためです。

方術では、人主は時に臣下に隠れて微行し、体中の邪悪の気を退けよといわれています。邪悪の気が去れば、真人《しんじん》たりうるというのです。人主である陛下の居所を臣下が知ると、神気に害があらわれます。

真人は水に入って濡れず、火に入って焼けず、雲気を凌《しの》ぎ、天地とともに長久であります。

いま陛下は天下を治め、無欲恬淡《てんたん》の域に達しておられませぬ。なにとぞ、陛下のおわします宮殿を、余人に知られぬようになさって下さい。そうすれば、不死の薬を入手できましょう」

始皇帝はいった。

「朕は真人になりたい。こののち自ら真人といい、朕といわぬことにする。微行して身を隠すのは、どこがよかろうか」

「常に微行なされ、ひとところにとどまらず、離宮を転々と移られなさればよろしい」

始皇帝は、咸陽附近二百里以内の宮殿と望楼《ぼうろう》百七十を、復道、甬道《ようどう》でつなぎ、帷帳《とばり》と鐘《しょう》鼓《こ》、美人をそれぞれの建物に満たし、皇帝が行幸する場所を洩らす者は死罪にした。

始皇帝が梁山宮《りょうざんきゅう》に行幸したとき、山上から麓を通行する丞相の車騎の数が多いのを見て、機嫌がわるくなった。

そのことをひそかに丞相に告げた宦官《かんがん》がいた。丞相は車騎の数を減らした。

始皇帝は怒っていった。

「誰が、丞相に儂《わし》の言葉を伝えたのか」

始皇帝は、身辺に侍していた宦官を取り調べたが、誰も口を閉ざしていたので、近侍の者をすべて捕え、殺してしまった。

その後は、始皇帝の行在所《あんざいしょ》を知る者がいなくなった。彼が裁可した政事の案件だけが、咸陽宮で発表される。

方士の侯生と盧生が、しだいに不安になり、今後のことを相談しあった。

「始皇帝は、天性剛情暴戻《ぼうれい》ですべて自我のままにふるまう。諸侯のうちから身を立て、天下を併合し、その望むところはすべて思いのままになったので、古今を通じ己れに及ぶ者はいないと増長している。

彼は刑罰を重んじて獄吏《ごくり》のみを信用し、七十人もいる博士をまったく無視している。丞相、諸大臣には裁決の権限はなく、始皇帝の意に従っているだけである。

天下の者は皆罪に問われることをおそれ、諫言《かんげん》することもできず、俸禄《ほうろく》を失うまいと気づかうばかりで、忠を尽そうとする者はいない。始皇帝は、死刑をおこない威武を誇ろうとするばかりで、わが過ちに気づくことなく驕慢《きょうまん》になるばかりだ。

臣下はその威を怖れ、ひたすら始皇帝の機嫌をとる。

秦の法律では、方士は二つの方術を兼ねることは許されず、方術を行い効験のないときは死刑に処せられるのだ。

星辰《せいしん》を占い、吉凶を予知する者は三百人もいて、すべて忠良の士であるが、始皇帝の機嫌を損じることを怖れ、皇帝の過ちを指摘する者がいない。

天下の事は、大小にかかわらず皇帝一人の意のままに決められるようになった。

始皇帝は秤衡《はかり》で政務についての奏問書の目方を計り、日に一石（約三十キロ）を分量として、決裁をしている。

あのような増上慢《ぞうじょうまん》の人物に、仙薬を求めてやることは無駄だ」

二人は逃亡することにした。ぐずついていては殺されてしまう。

始皇帝は、二人が逃亡したと聞き、激怒した。

「儂は天下の書物を没収して、不用のものはすべて焼きすてたのち、大勢の法吏、儒生、方術の士をとりたてた。彼らを用い太平の世を興そうと思ったからだ。

方士どもは、薬物を練って不死の薬をつくるといっていたが、彼らは何事もなし得なかった。

徐市《じょふつ》らは巨万の費用を消費して、ついに不死の薬を得ることはできなかった。彼らが利をむさぼる奸物であるという評判は、日増しに高くなっている。

儂は盧生たちを尊敬し、厚遇してやったが、彼らは儂を罵《ののし》り、儂の不徳を天下に吹聴しているという。

いま咸陽にいる儒生どもについて、法吏をもって調べさせたところ、妖言《ようげん》をもって人民を惑わしている者がいるそうだ」

始皇帝の、冷酷非道の噂は、国中にひろまっていた。

五〇〇〇キロに及ぶ万里の長城を築くために、おびただしい人民が命を落した。

民間では、つぎのような歌がはやっていた。

〽男の子を生めば、育てても無駄だ

女の子を生めば、乳を飲ませろ
長城の下を見たことがねえのか
屍骸《しがい》がもたれあってころがっているぞ

蒙恬《もうてん》将軍が匈奴《きょうど》を追って得た楡中《ゆちゅう》（甘粛省）からオルドスに至る黄河沿岸の各所に設けた要塞の建設にも、泣き叫んで死んだ人夫たちの犠牲があった。

九原（内蒙古《もうこ》自治区包頭市附近）と、咸陽北方の雲陽（陝西省淳化県附近）を結ぶ軍事道路「直道」は、蒙恬がなしとげた大事業であった。

陝西《せんせい》省の黄土台地から、オルドスの草原に至る、道幅三〇〜六〇メートル、全長八〇〇キロの道路は、路面を黒土でつき固め、要所に烽火台《のろしだい》が設けられていた。

この建設工事に命を捧げた若者たちの数は、おびただしかった。

始皇八年（西紀前二一四）におこなわれた嶺南《れいなん》遠征軍も、甚大な損害をうけた。

中国の南端である広東、広西地方は、南嶺《なんれい》と呼ばれる山地で、江西、湖南と分たれている。嶺南と呼ばれるこの地方へ、始皇帝は五十万の大軍を遠征させた。

嶺南は河川が多く、騎兵、戦車を用いて機動戦をおこなうことができない。始皇帝は兵糧を運ぶ運河をひらき、長期戦を挑んだ。だが土着の越人《えつじん》らは昼間はジャングルに潜み、夜になるとゲリラ戦を展開する。

嶺南では、年間降雨量が、咸陽の三倍を超えるところもあった。高温多湿の地で風土病も多く、遠征軍のなかばは病いに倒れた。だが始皇帝は軍勢を撤退させなかった。

始皇帝の強引な外征は、さまざまの問題をはらんでいた。

彼は思いあがっていた。この方士が逃亡したのをきっかけに、御史《ぎょし》に命じた。

「咸陽に住む儒者どもを、厳重に取り調べよ。妖言を吹聴している者が、いるはずだ」

儒者たちは訊問《じんもん》をうけると、破滅をのがれようとして、他人を無実の罪に陥れた。

この結果、不埒《ふらち》な所業をしたと見なされた儒者は、四百六十余人にのぼった。

始皇帝は丞相李斯をともない、咸陽西方の律丘《りっきゅう》に儒者と方士を集めた。

律丘に登った始皇帝は、数千人の兵士に命じた。

「一人も逃がさず、谷底へ埋めてしまえ」

始皇帝はさらに告発した罪人を、辺境に流した。

始皇帝の長子扶蘇《ふそ》が、諫言《かんげん》をした。

「天下はまだ定まって間もなく、遠方の民は屈服しておりません。儒者たちはすべて孔子の教えを誦《じゅ》し、これにのっとっております。

陛下は法令のみを重んじられ、彼らを成敗《せいばい》されました。臣はこの有様では天下が安定しないと恐れるものです。どうかご賢察下さい」

だが、始皇帝は怒って扶蘇《ふそ》を北方にしりぞけ、蒙恬《もうてん》に上郡を支配させた。

蒙恬のもとに扶蘇がおもむいたのをよろこんだのは、丞相李斯をはじめ、重臣たちであった。

賢明な扶蘇は、始皇帝にこびへつらい、利欲をむさぼる重臣たちにとって、警戒すべき存在であった。

始皇十一年（西紀前二一一）、熒惑星《けいわくせい》（火星）が空にとどまり、移動しなくなった。熒惑星は二ヵ月、動かなかった。

仲秋八月、流星が東郡に落ちた。その石に、誰かが刻んだ。

「始皇帝が死んで、秦の地が分散する」

始皇帝は、ただちに御史を派遣して犯人を糾問《きゅうもん》させたが、罪に服する者がいないので、附近の者をことごとく誅殺《ちゅうさつ》した。

不老不死

始皇帝は、誰かが不吉な文字を刻んだ隕石《いんせき》を焼き、溶かしてしまったが、心は怏々《おうおう》と楽しまない。

占星家《せんせい》たちは、始皇帝が熒惑星《けいわくせい》を気遣うことはないと言上した。

「天空に存在する星の数は、無数であります。その星は天神が支配しており、陛下は天神に護《まも》られておられます。熒惑星ひとつに御心を悩ませることはありません」

始皇帝は、咸陽宮《かんようきゅう》で博士たちに仙人、真人の詩、天下巡遊の際に立ち寄った名所の詩をつくらせ、楽人に唱わせ、心を慰《なぐ》さめていた。九月、一人の使者が関東（函谷関《かんこくかん》の東）から戻ってきて、始皇帝に報告した。

「夜中に、華陰《かいん》（陝西省《せんせい》、華山《かざん》北方）の平舒道《へいじょどう》を通過しているときでした。行手に璧《へき》を持つ男があらわれ、これを咸陽の滈池《こうち》の水神に捧げてもらいたいと申します」

滈池は咸陽にある。

使者が、お前は何者だと聞くと答えず、言葉をつづけた。

「今年のうちに、祖竜《そりゅう》は死ぬだろう」

「なぜだ、そのわけをいえ」

使者がたずねると、男はたちまちかき消すように姿が見えなくなり、あとに璧玉《へきぎょく》だけが残っていた。

祖は始、竜は人君を意味し、始皇帝を指す言葉である。

始皇帝は使者の報告を聞き、しばらく黙っていたが、やがていった。

「そやつは山鬼《さんき》にちがいない。山鬼はその年の出来事を予言できるだけだ。今年は残り僅《わず》かで、山鬼の予言はまもなく、効果がなくなる」

だが、使者が退出したあと、気づかわしげにひとりごとをいった。

「祖竜とは人の先祖のことで、朕《ちん》をさすものではない」

始皇帝はただちに宝物を管理する役人の御府《ぎょふ》を呼び、璧を調べさせると、始皇二年に琅《ろう》邪《や》山《さん》に巡遊した帰途、揚子《ようす》江《こう》に沈め、江《こう》神を祀ったものであると分った。

始皇帝は、わが命運が尽きるかもしれないと思った。祖は先祖を意味するが、始の意味もある。竜は皇帝をあきらかに意味する。

卜者に占わせると、「巡遊、遷徙《せんし》は吉」という卦《け》が出た。

始皇帝は北河、楡中《ゆちゅう》（陝西省楡林）に三万戸を移住させ、家長たちに爵一級を与えた。

十月になって始皇帝は翌年に天下巡遊に出立することをきめた。

十二月、王翦《おうせん》将軍が病死した。享年七十三歳である。始皇帝は自分を支えてくれた強力な柱が砕けた音を、宙に聞いたような気がした。

将軍の墓碑は、咸陽宮南庭に建立され、「鎮安従心大將軍」の銘が刻まれた。

始皇十一年（西紀前二一一）十月中旬、始皇帝は五度めの天下巡幸に出発した。供をするのは、左丞相《じょうしょう》の李斯《りし》である。李斯は秦帝国最高官僚として、ならぶ者のない勢力である。

その年の七月、李斯の長男の由《ゆう》が、三川《さんせん》（河南の伊《い》、洛《らく》、河《か》）の太守となった。他の男子たちは、いずれも秦の公女の配偶者となり、女子たちは秦の諸公子の妻となっている。

李由が三川から咸陽に休暇を賜《たま》わって帰省したとき、李斯が自邸で酒席を催《もよお》した。そのとき百官の長はすべて集まり、李斯と由のために乾杯した。

このとき門前につながれた訪客の馬車が幾千台にも達したので、李斯は溜息をついていった。

「儂《わし》はかつて師の荀卿《じゅんけい》から、物事は盛大に過ぎるのを戒めねばならぬと教わった。儂は上蔡《じょうさい》（楚）の布衣《ほい》（下役人）で、いなかの一平民であった。

主上はいま、儂が不才であるにもかかわらず抜擢《ばってき》して下さり、今日の境遇に至った。いま、位は人臣をきわめ、富貴もこのうえなく得た。儂《わし》はまもなく車を挽《ひ》く労役に堪《た》えられなくなった老馬のように、没落してゆくだろう」

すべて物事は極限に立ち至れば衰える。

始皇帝が巡遊に出発したとき、右丞相の馮去疾《ふうきよしつ》は咸陽《かんよう》で留守を守った。ほかに中車府令《ちゅうしゃふれい》の趙高《ちょうこう》が随行した。

始皇帝の子は二十余人いたが、二十歳になる末子の胡亥《こがい》が、行幸に随行を許された。

十一月に雲夢《うんぼう》（湖北省）に至り、虞舜《ぐしゅん》の葬《ほうむ》られた九疑山《きゅうぎさん》を望んで祀《まつ》り、揚子江を船で下り、籍柯《せきか》、海渚《かいしょ》から丹陽《たんよう》（安徽省《あんきしょう》）を過ぎ、銭塘《せんとう》に至った。銭塘江を渡ろうとしたが、波が荒かったので、西方へ百二十里を進み、狭中《きょうちゅう》（浙江省《せっこうしょう》）から渡河した。

狭中から会稽山《かいけいざん》に登った始皇帝は、南海を望む場所に石碑を立てた。

「皇帝の偉大な功績は、天下を平定統一し、その徳恵は長久である。その間三十有七年、皇帝は親しく天下を巡り、遠方の治績《ちせき》を遊覧し、ついに会稽山に登りて習俗を視察したまうに、黔首《たみ》みな謹みておごそかである。群臣は皇帝の功績をたたえるので、治績の本源をきわめ、その功徳の高明を回顧《かいこ》し、述べることにする。

皇帝が国政にのぞんでのちは、はじめて法律を制定し、旧法をただした。

これによって法式は平明になり、官職任務の別があきらかにされ、それぞれ守ってかわらない道が確立された。

かつて六国《りっこく》の王は専横《せんおう》をほしいままにして秦にそむき、欲ふかく獰猛《どうもう》で、軍勢を催《もよお》し強大を誇り、暴虐《ぼうぎゃく》のかぎりをつくした。

彼らはたがいに密使を送り合従《がっしょう》して、秦にあたろうとし、邪悪をつくした。

国内においては陰謀《いんぼう》をおこない、秦の辺境に乱入し、禍《わざわ》いをひきおこした。

皇帝は武威をふるってこれらの悪逆の輩を誅伐《ちゅうばつ》し、すべて平定したので、乱賊《らんぞく》どもは滅亡した。

このように、皇帝の聖徳は広大細密で、人民の恩沢《おんたく》をこうむること無限であった。皇帝の天下統一ののち、万般の政事をすべて司《つかさど》られたので、天下は平穏となった。すなわちすべての物資を偏《かたよ》ることなく配し、すべての事件を考量して事実をきわめた。このため身分の高下にかかわらずすべて意思を通じあい、善悪の別をわきまえ、邪《よこし》まな思いを隠す者もいなくなった。

従来の夫婦関係においては、夫はわが過失をいいつくろい、義理を踏みはずしていないように吹聴《ふいちょう》し、妻は夫が死ねば、子がありながらただちに他家に嫁ぎ、亡夫に不貞《ふてい》のおこないをあえてした。

皇帝は家の内外を防ぎ隔てて、淫佚《いんいつ》を禁止した。これによって男女の道は清潔かつ誠実なものとなった。

夫が他家で淫行をはたらいたときは、妻がこれを殺しても罪に問わないことにしたので、夫は恐れて不貞をはたらかなくなった。

また妻が夫を棄《す》て、他家に嫁《か》したときは、子はこれを母と呼ぶことができない規則をつくったので、女子はすべて貞操を守るようになった。

このように大聖皇帝の治世は、俗悪の風習を洗いきよめたので、天下はその良風をうけ、すべて法度《はっと》に従い、平和のうちに家業にはげみ、法に背《そむ》く者がいなくなった。

このののちも皇帝の法をつつしんで守れば、常に太平の世が続くであろう。

ここに従った臣は皆皇帝の功業を讃《たた》え、奏請《そうせい》してこの碑文を刻み、偉大な刻銘を後世に垂れるものである」

始皇帝が、男女の不倫を罰し、人民を教化して風俗をあらためようとしたことが、刻石のうちに刻まれている。

戦国以来の人口増加策によって、社会に淫佚な風習がひろまっていたのを、太平の世を招来するとともに、あらためようとしたわけである。

始皇十二年（西紀前二一〇）仲春二月末、始皇帝一行は会稽山《かいけいざん》から北進し、江乗《こうじょう》（安徽省）から揚子江を渡り、海岸沿いに北上して瑯邪《ろうや》に到着した。

始皇帝は、寒暑を調節できる轀輬車《おんりょうしゃ》という大車に乗り、六千の兵士が従っている。

始皇帝は十年前、東海に神薬を求めて船出していった方士《ほうし》の徐市《じょふつ》が、その後何の便りもないので、行方を探索《たんさく》させた。

徐市は海上を航行して神薬を探したが、莫大な費用を使いはたして故郷に戻っていた。

彼は捕縛されたときは死罪になると思い、自ら始皇帝の前に出て、探索の旅について、偽《いつわ》りの陳述をした。

「渤海《ぼっかい》の蓬萊島《ほうらいとう》の薬を手に入れることはできますが、いつも大鮫《みずち》があらわれ邪魔をするので、島に上陸できません。弓の名手を伴い、大鮫があらわれたとき撃ちとめてもらえるなら、霊薬を手に入れることができるでしょう。連発の弩《ど》を使えば射殺できます」

始皇帝は徐市を引見したあとで、人間とおなじ姿をした海神と、戦う夢を見た。めざめてのち、占夢博士《せんむ》に問う。博士は答えた。

「海神の姿を眼で見ることはできません。大魚、蛟竜《こうりゅう》を、物見に出します。いま、陛下の祈禱祭祀《きとうさいし》は欠けるところがないのに、悪神があらわれるのですから、なんとしても取り除かねばなりません。そうすれば、善神が参りましょう」

始皇帝は徐市に連弩《れんど》の射手数人を同行させ、船出させるいっぽう、自ら弩を持って大魚が出現すれば、射留めようと支度をした。

琅邪《ろうや》から北に進み、栄成山《えいせいざん》（山東省）に至ったが、海上に何物も見えなかった。始皇帝の乗った船が之罘《しふ》にさしかかったとき、前方に大魚の群れを発見したので、自ら射撃して一魚を殺した。

始皇帝は狂喜《きょうき》した。

「大魚をこの手で殺した。これで不死薬が朕の手に入るのは、疑いない」

始皇帝は海沿いに西にむかい、十日ほどを経て平原津《へいげんしん》（山東省）に至り、急病を発した。始皇帝は、「死」を口にするのを嫌い、諸臣もそれをつつしんだ。

だが始皇帝の病状は急速に悪化してきた。喉を通るものは酒のみである。

始皇帝は李斯に命じた。

「朕は地上より天界に入り、真人になるやもしれぬ。いまのうちに、璽書《じしょ》をつくるゆえ書きとめよ」

璽書は、公子扶蘇《ふそ》にあてられたものであった。

「喪を発すると同時に、軍を蒙恬《もうてん》に任せ咸陽《かんよう》に帰り葬儀をおこなうべし」

という璽書は、封をされたが、扶蘇への使者に手渡されなかった。中車府令《ちゅうしゃふれい》（輿車《こうしゃ》を司る長官）の趙高《ちょうこう》が持っていた。彼は書簡と御璽《ぎょじ》をともに手中にしている。

始皇帝は、七月丙寅《ひのえとら》の日の寅刻《いんこく》（午後四時）に、崩御《ほうぎょ》した。五十歳であった。

李斯は始皇帝が国都の外で崩御したため、その事実が知れると、諸公子のあいだに闘争がおこり、天下に変乱を導きだすおそれがあると考えた。

長子扶蘇は、たびたび父に直諫《ちょっかん》したので嫌われ、匈奴《きょうど》と対峙《たいじ》する上郡《じょうぐん》の遠征軍の監軍として在陣し、太子として定められていない。

始皇帝の死を知るのは、李斯のほかに公子胡亥《こがい》と趙高、側近の宦官《かんがん》数人であった。群臣は誰も知らない。

李斯は始皇帝の遺骸《いがい》を轀輬車《おんりょう》に寝かせたまま、生前の通り宦官たちが陪乗《ばいじょう》し、ふだんとかわらず食膳《しょくぜん》を奉り、百官が諸事を奏上するのも、ふだんのようにさせた。

奏事を裁可するのは、始皇帝に似せた宦官の声であった。

趙高は公子胡亥《こがい》に書と獄律令法《ごくりつりょうほう》を教えたことがあり、二人は親密な間柄であった。趙高は公子胡亥にたずねた。

「主上はおかくれになりましたが、諸公子を封じて王とする遺詔《いしょう》はありません。長子扶蘇さまに書簡を賜わったのみです。扶蘇さまが咸陽にお戻りになれば、即位して皇帝となられます。しかし、諸公子には尺寸の領地も拝領できません。これをいかがお考えなさいますか」

胡亥は言下に答えた。

「それはあたりまえだ。明君は臣を知り、賢父は子を知るというが、いま父が諸公子を王に封じないままに亡くなっても、なんともなるまい」

趙高は、両眼にするどい輝きを点じていった。

「いまは、二度とない好機がめぐってきているのです。天下の権を手中にするか否かは、公子と私と丞相の判断にかかっています。よくお考え下さい。人を臣とするか、人に臣とされるかは、天地の距《へだた》りのあることです」

胡亥《こがい》は反発した。

「策を弄して、兄を廃し、弟の私が皇帝となるのは不義であろう。父の詔に従わず、陰謀をたくらむのは、不孝というものだ。

わが才が浅いままに、無理にお前たちの才覚で父のあとを継ぐのは無能というものだ。

この三つは、すべて徳にさからうことであるから、天下は服従することなく、社稷《しゃしょく》は絶えるにちがいない」

趙高は懸命に説得する。

「湯王《とうおう》、武王は主君を弑《しい》しましたが、天下の人はこれを義挙《ぎきょ》として不忠とは見ませんでした。衛君《えいくん》は父を殺しましたが、人民は彼の徳をあがめ、孔子もこれを『春秋』に記して不孝としませんでした。大事をおこなう者は小義をかえりみず、盛徳《せいとく》ある者は辞譲《じじょう》せずともいいます。村里にも特別の風習があり、百官もそれぞれ任務が違います。

小事にこだわり、大事をお忘れになるときは、のちにかならず害があらわれ、狐疑《こぎ》してためらうときは、のちにかならず悔いねばなりません。

断じておこなえば鬼神もこれを避け、後日にきっと成功します。胡亥さま、いまはただ断行するのみです」

胡亥は嘆息《たんそく》した。

「崩御《ほうぎょ》も世に知らされず、喪礼《そうれい》も終らぬうちに、丞相の同意を求めるつもりか」

「この好機を逃がしては、後日にどれほど計略をたてても間にあいません。兵糧を腰に馬を走らせても、機を失するかもしれぬ先を急がねばならないときです」

胡亥は、ついに同意した。

趙高はまず李斯に相談した。

「主上が崩御に際し、長子に賜わった書簡には、咸陽に帰って葬儀をおこなえとありますが、書簡はまだ使者に渡しておりません。主上崩御は誰も知らず、長子に賜う書簡と御璽《ぎょじ》は胡亥のもとにあります。

太子を定めるのは、あなたとこの高の判断にかかっています。どうされますか」

李斯は憮然《ぶぜん》としていった。

「そのような亡国の言辞を、どうして弄《ろう》されるのか。人臣として議すべき内容ではない」

趙高は始皇帝の長子扶蘇《ふそ》が帝位に就《つ》けば、仲のよくない蒙恬が咸陽に戻ってきて、宦官《かんがん》の自分は内官の廝役《しえき》という、低い役職に追いやられると思っているので、懸命に李斯を説得しようとした。

「あなたはご自身と蒙恬をくらべ、才能ではどちらが優れているとお思いですか。功績では蒙恬に勝るとお思いですか。前途を計る洞察力では、蒙恬とどちらが確かですか。

天下の人の恨みを買っていないのは、蒙恬とどちらでしょう。長子扶蘇が故旧《こきゅう》として信頼を傾けるのは、蒙恬とあなたのどちらでしょう」

李斯は苦い顔つきになった。

「どれもみな、蒙恬のほうが勝っているよ。貴公はなぜそんなにあからさまに私を責めるのだ」

「この高は、もと宦官の小使をしていましたが、さいわいに小刀で竹簡の誤りを削る役目を与えられ、秦宮に入れました。

事務を司《つかさど》ること二十余年になりますが、秦で罷免《ひめん》された丞相、功臣で、封爵《ほうしゃく》が二代と続いた者は、ひとりもありません。皆誅殺《ちゅうさつ》されました。

皇帝の子二十余人は、すべてあなたがご存知です。長子扶蘇は剛毅《ごうき》で武勇にすぐれ、人民の信頼のあつく、陣頭に立てば兵が奮起します。彼が帝位に就けば、蒙恬を丞相としてます。あなたも最後には通侯《つうこう》（列侯）の印綬《いんじゅ》を身につけたまま、領地に帰れなくなってしまうでしょう。

高は詔によって胡亥の傅役《もりやく》をつとめ、数年間法律を学ばせました。彼は過《あやま》ちを犯さず、慈愛深く、諸事にていねいで、財を軽んじて士を厚く待遇し、気配りがゆきとどき、傲慢《ごうまん》な態度をとらず、礼をつくす点では諸公子のうちで最高の人物です。始皇帝の後嗣《こうし》にふさわしいと思いますので、よくご思案下さるようお願いします」

李斯は冷然と告げた。

「貴公はわが職に専念しておれ。儂《わし》は主君の詔を奉じ、天命に任そう。自分でどんなはからいをするというのだ」

「安泰《あんたい》も転じて危険とできます。また危険も転じて安泰とできます。安危《あんき》を決める実行力がなければ、聖智も尊ぶに足りません」

李斯は趙高をたしなめた。

「儂は上蔡《じょうさい》の村里の一平民であったが、主上に引き立てられ丞相に昇進し、通侯に封ぜられ、子孫もすべて高位重禄《こういじゅうろく》をいただいた。このような厚遇をうけるのは、始皇帝が国の存亡安危に際してのはたらきを、私に托されようと考えられたためである。

この負託《ふたく》にどうして儂が背けるものか。忠臣は死を避けて万一を僥倖《ぎょうこう》することなく、孝子は危険を冒してはたらくことはないといわれる。

臣下は、自分の職を守っておればいい。貴公はそのようなことを、二度と口にするな。貴公のすすめに従えば、儂は罪を犯すことになる」

趙高は、なおも説得しようとしてやまない。

「聖人は物事にこだわらず、変転して常度なく、変に応じ時に従い、末を見て本を知り、旨意を見て帰着を知ると申します。すべて物事は元来こういうものです。不変の常法などありましょうか。いま天下の権は胡亥の掌中《しょうちゅう》にあります。私はその臣です。あなたを生かすも殺すも、胡亥の意のままです。外から内を制するのを惑《わく》といい、下から上を制するのを賊《ぞく》といいますが、道理はひとつです。秋が深まって霜が降れば草木が凋落《ちょうらく》し、春に氷が溶けて水が流れだすと万物が発動するのは、自然のはたらきです。あなたはどうして、この道理をお分りにならないのですか」

李斯はこれまで眼中になかった趙高に、なかば説得され、なかば脅《おど》される。

「晋《しん》の先例を見るがいい。太子の申生《しんせい》を廃したため、三代にわたり国が乱れた。斉《せい》の桓公《かんこう》は兄弟が王位を争ったために滅び、殷《いん》の紂王《ちゅうおう》は親戚を殺し、諫言《かんげん》を聞きいれなかったので、国土を荒廃に至らしめた。この三者は、天に逆《さか》らった酬《むく》いとして、宗廟《そうびょう》の祭祀を絶つ結果を招いた。儂も人である。天に逆らい、謀叛《むほん》をして終りを全うできようか」

李斯は亡師の荀子《じゅんし》から学んだ教えを、胸中によみがえらせた。

荀子はいった。

「天の意志などは、つくりごとにすぎない。雨乞いの祭をしようとしまいと、雨は降る。昔の聖王は世の乱れを鎮《しず》めるため、礼儀をさだめ、社会秩序をつくったのだ」

李斯は始皇帝のように、天意を信じてはいなかったが、秩序に逆らい私欲をはかってはならないと考えている。

だが、趙高は李斯を誘い、脅した。

「上下が心を一致させれば何事も長続きします。中外が一体となれば、事に表裏はなくります。

君主が家来の謀計《ぼうけい》をうけいれれば、封侯《ほうこう》の地位をながらえ、子々孫々に伝えて、仙人の長寿と孔子、墨子《ぼくし》の知恵をうけることになるでしょう。

いま私のうちあける計略を捨てて従われないときは、禍《わざわ》いは子孫に及んで心胆《しんたん》を寒からしめる結果を招くでしょう。

善処《ぜんしょ》されたときは、禍を転じて福となすことができます。あなたは禍福のどちらを撰《えら》ばれますか」

李斯は天を仰《あお》ぎ、落涙《らくるい》した。

「ああ、ひとり乱世に遭い、死ぬこともできず、どこにわが命を托すべきか」

李斯はやむなく、趙高の謀計に加擔《かたん》することとなった。

趙高は胡亥に報告した。

「私は太子の明旨を奉戴《ほうたい》して丞相に告げました。丞相も令旨を奉戴しないわけにはゆかなくなりました」

三人は共謀して、丞相が始皇帝の詔《しょう》をうけたとして胡亥を太子に立てることにした。

長子扶蘇《ふそ》に賜う勅書《ちょくしょ》は、つぎのように偽作した。

「朕《ちん》天下を巡幸し、名山諸神に祈禱《きとう》して、寿命を延ばした。いま扶蘇は将軍蒙恬《もうてん》と数十万の兵を率い辺境に駐屯して、十余年を経た。

その間、敵地へ前進できないまま、士卒の消耗はいたずらに多く、尺寸の功労もなかった。

然《しか》るに、かえってしばしば上書して朕のなすところを誹謗《ひぼう》し、上郡より都に帰り、太子となれないことを日夜怨《うら》んでいると聞く。人の子として扶蘇は不孝である。

剣を賜うゆえ自決せよ。

将軍蒙恬は扶蘇とともにいて、扶蘇をたしなめることができないのみか、当然に陰謀を知っていた。人臣として不忠であるため死を賜い、副将の王離《おうり》に兵を従わしめよ」

偽りの勅書は、胡亥の客人が使者として捧持《ほうじ》し、上郡の扶蘇に届けた。

扶蘇は書簡を一読すると、泣いて奥へ入り、自害しようとした。

蒙恬は扶蘇をとめた。

「陛下はいまご巡幸されており、まだ太子を立てておられません。私に三十万の兵を預け辺境を守らせ、公子を軍監とされました。

これは天下の重任であります。いま使者がきたといって、ただちに自害されますか。もし偽りの使者であれば、どうなさいますか。すぐに陛下に恩赦《おんしゃ》を乞われるべきです。そのうえで自害なさっても、遅くはないのです」

だが使者は、くりかえし自害を催促する。

扶蘇は性来温和な性格であったので、蒙恬にいった。

「父から死を賜わった子が、恩赦を願えようか」

扶蘇は、ついに自害した。

蒙恬は自害を承知しなかったので、使者は彼を陽周《ようしゅう》（陝西、定西）の獄につなぎ、帰って結果を報告した。

胡亥と李斯、趙高はおおいによろこび、咸陽に帰ることになった。

始皇帝の遺骸《いがい》を轀輬車《おんりょう》に乗せた行列が、井陘《せいけい》から九原に着く頃には、暑熱のため屍臭《ししゅう》が濃くなってきた。

趙高は、

「陛下は稀《ま》れな病いにかかり、腐魚のにおいを好まれるようになった」

と称し、扈従《こじゅう》の車ごとに一石《いっせき》（百二十斤）の塩魚を積ませ、屍臭をまぎらわせつつ、季秋九月に咸陽に戻ったのち、はじめて始皇帝の喪を発表した。

始皇帝の陵は、政が秦王に即位した政王元年（西紀前二四七）に着工していた。

咸陽の東方にある驪山《りざん》の地に、造営がつづけられている。そこは秦歴代の先王、先妣《せんぴ》の墓域に近接した場所であった。

始皇帝の墓室は、天下を併せたのち徒刑者七十余万人を使役し、地下の水脈を三度つらぬくほど深く掘り、銅板を下に敷き、棺を納めるようにした。

始皇帝を埋葬するにあたり、塚のなかに宮殿、望楼《ぼうろう》を建て、百官の席を設け、奇器奇物を城内から移し、充満させた。

塚を盗掘《とうくつ》する者があれば、自然に矢が飛びだすよう、工匠に命じ、機械仕掛けの弩矢をつくらせて置いた。

また水銀を流して百川、江河、大海をつくり、機械仕掛けで絶えず水銀を補充するようにした。

上には天文、下には地理をそなえ、久しいあいだ消滅しないよう、燭台《しょくだい》に人魚の膏《こう》で火を点じた。

二世皇帝は、きわめて冷酷な性格をそなえていた。彼は命じた。

「先帝の後宮の女性で子のないものは、すべて殉死させよ」

殉死者の数は、おびただしかった。

埋葬が終ると、中の羨門《せんもん》（塚のなかの神道）を閉じ、外の羨門（吊門）を下ろして、埋葬にはたらいた工匠たちを、すべて閉じこめたのち、塚のうえに草木を植え、山のようにかたちづくった。

こうして、始皇帝は地下の宮殿に永遠に眠ることになった。四頭立ての銅車馬二輌が、彼の霊魂を乗せるため、佩剣帯冠《はいけんたいかん》の御者が手綱《たづな》をとり、待機していた。

驪山の周囲は、二重の城壁で囲まれた。

外城は南北二一六五メートル、東西九四〇メートル。城門が四ヵ所にある。内城は南北一三五五メートル、東西五八〇メートル、城門は五ヵ所にある。

外城から東、一・二キロメートルのところに、兵馬俑坑《へいばようこう》が三ヵ所設けられた。三つの坑に埋葬された兵馬俑は、未発掘のものをふくめ七千体といわれる。

俑《よう》がそなえる武器は、実物であった。

二世皇帝となった胡亥は、愚鈍《ぐどん》きわまりない人物であった。彼は趙高にいった。

「人が生れて現世に住んでいるあいだは、六頭立ての馬車が駆け過ぎるのを、戸の隙間から見るように、またたくうちに過ぎてしまう。

朕は皇帝として長く天下を保有し、耳目の好みをつくし、心の楽しみをきわめ、宗廟《そうびょう》を祀り、万民をよろこばせ天寿を全うしたい。そんな生きかたをするには、どうすればよいか」

趙高は胡亥に徹底した対立者の粛清《しゅくせい》をすすめた。

「砂丘で断行した陰謀は、公子たちから大臣まで、すべてが疑っています。公子たちは陛下の兄君で、大臣は先帝に任ぜられた者ばかりです。

彼らは陛下に心服せず、いつ叛乱をおこすかもしれません。蒙毅《もうき》はまだ死せず、蒙恬は大軍を率いて外地にいます。陛下がどうして気を安んじられましょう」

「朕はどうすればよいのか」

「法律をきびしく刑罰を重くしましょう。罪ある者は連座させ族滅《ぞくめつ》してしまうのです。先帝の遺臣はすべて追放し、陛下の信任される者をご登用下さい。そうすれば禍《わざわ》いは除かれ、姦謀《かんぼう》は未然に潰れ、陛下は枕を高くすることができます」

二世皇帝胡亥は、趙高のすすめに従い、新法を制定した。群臣、公子に罪ありと聞けば、ただちに趙高に引き渡させ吟味のうえ、誅殺される。

大臣蒙毅と、公子十二人は咸陽の市場で処刑され、公女十人が杜《と》県（長安の東南）で磔《たっ》刑《けい》に処せられた。

彼らの財産はすべて没収され、縁者は残らず殺害された。

公子高《こう》は出奔しようとしたが、家族が根絶やしにされるのを怖れ、自ら先帝に殉死したいと申し出た。

胡亥は公子高の頼みを聞きいれ、十万銭を賜わって、高が自害すると驪山の麓に埋葬してやった。

趙高は大臣が朝廷に入り、自分の悪行を奏上することを怖れ、胡亥にいった。

「王子が貴いのは、群臣が御声のみを聞き、尊顔を拝することができないからです。陛下は宮中深く座し、私と法令に習熟した侍中で事を処理いたします」

趙高は自分に対抗しうる者に無実の罪を着せ、拷問《ごうもん》して偽りの自白を迫り、殺戮《さつりく》した。

李斯は子とともに捕えられ、二世皇帝の二年（西紀前二〇八）七月、咸陽の市場で五刑を具《そな》えた腰斬の刑に処された。五刑とは鼻、耳、舌、足を切って、鞭うったのち、胴斬りにするのである。

胡亥三年（前二〇七）、趙高が丞相となった。この年八月、趙高は皇帝の位をうかがった。彼はわが威勢を試すため、胡亥に鹿を献じていった。

「これは馬でございます」

胡亥は笑っていった。

「何をいうか。これは鹿ではないか」

胡亥が側近にたずねると、馬と答える者と鹿と答える者がいた。

趙高はあとで自分に逆らい、鹿と答えた者を、すべて殺してしまった。

秦帝国を創立した始皇帝の大業が、瓦解《がかい》するのは目前であった。

参考文献

※本書執筆にあたり、主に以下の文献を参照させていただいた。

NHK取材班編『始皇帝』（日本放送出版協会、一九九四年）
樋口隆康『始皇帝を掘る』（学生社、一九九六年）
A・コットレル『秦始皇帝』（河出書房新社、一九八五年）
籾山明『中国歴史人物選 第1巻　秦の始皇帝』（白帝社、一九九四年）
市川任三『十八史略』（明徳出版社、一九八三年）
福島中郎訳注『史記』（明徳出版社、一九八一年）
栗原朋信『秦漢史の研究』（吉川弘文館、一九九六年）
石山隆『長城の兵俑～神仙になりたかった始皇帝』（舵社、一九九四年）
笠尾恭二『中国武術史大観』（福昌堂、一九九四年）
『中国古代歴史地図冊』上（遼寧人民出版社、一九八四年）
西嶋定生『秦漢帝国』（講談社学術文庫、一九九七年）
陳舜臣『中国の歴史』1・2（平凡社、一九八三年）
岳南『秦・始皇帝陵の謎』（講談社現代新書、一九九四年）

本書は、一九九九年十二月に小社より単行本として刊行されました。

時代小説文庫
つ5-1

小説《しょうせつ》 秦《しん》の始《し》皇《こう》帝《てい》

著者 津《つ》本《もと》 陽《よう》
2002年6月18日第一刷発行

発行者 大杉明彦

発行所 株式会社 角川春樹事務所
〒101-0051 東京都千代田区神田神保町3-27 二葉第1ビル

電話 03(3263)5247[編集] 03(3263)5881[営業]

印刷・製本 中央精版印刷株式会社

フォーマット・デザイン 芦澤泰偉＋三輪佳織
シンボルマーク 芦澤泰偉

ISBN4-89456-981-7 C0193
http://www.kadokawaharuki.co.jp/[営業]
fanmail@kadokawaharuki.co.jp[編集] ご意見・ご感想をお寄せください。